GABBIA

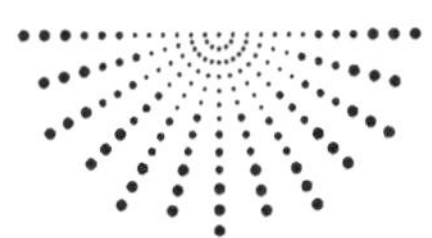

DANIELA BARISONE

JULS SK VERNET

Gᴀʙʙɪᴀ
Daniela Barisone - Juls SK Vernet

Copyright © 2024 by Lux Lab
luxlabbooks.com
ASIN Ebook: B089G87D3W
ISBN: 979-12-81525-25-2
Impostazione grafica, impaginazione, illustrazioni interne e progetto
copertina: **Daniela Barisone**

Perché abbiamo vissuto tutti in gabbia per questi mesi.
Daniela Barisone

A tutti noi, per evadere dalla gabbia.
Juls SK Vernet

INTRODUZIONE

Sappiamo a cosa state pensando: avevamo davvero bisogno di un "racconto in quarantena?"

La risposta è ovviamente no, ma vogliamo rassicurarvi: questo racconto non parla di malattia, morte o altro. Certo, alcune cose sono uno spaccato della vita che ci troviamo ad affrontare di questi tempi, dopotutto alla fine della fiera non possiamo negare che la pandemia sia avvenuta e che ormai sia la nostra nuova realtà.

Abbiamo però voluto includere questa nuova realtà in modo sarcastico e hot come è nel nostro stile. In breve, quello che state per leggere *è porno*.

Ci auguriamo che Gabbia diverta voi così come è stato divertente per noi scriverlo, fatecelo sapere come sempre nel gruppo di Lux Lab o tramite una recensione su Amazon o Goodreads, il vostro supporto per noi è importantissimo e ci permetterà di raggiungere nuovi lettori e farci produrre ancora più storie.

Daniela & Juls

CAPITOLO UNO

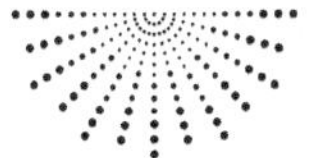

Le urla provenienti dal corridoio gli fecero sollevare la testa di scatto.

Proprio quello che ci voleva per placare il mal di testa incipiente che Lucio aveva sin da quella mattina, quando il brigadiere Conciu gli aveva piazzato sulla scrivania l'ordine di servizio del giorno successivo.

Il plico recava l'intestazione del Comando del III Reggimento e conteneva l'ordine di distribuire le mascherine alla popolazione e aumentare le pattuglie notturne e diurne.

Sì, proprio la sua caserma del cazzo ai bordi di Milano.

Lucio lo capiva, davvero. Se lo aspettava da un giorno all'altro ed era anche pronto, visto che era loro dovere come carabinieri aiutare la popolazione ad affrontare l'emergenza sanitaria. Dove la gente non poteva uscire di casa per reperire le mascherine, ci avrebbero pensato loro a portarle.

Il mal di testa gli era venuto al pensiero di dover gestire le scorte delle mascherine senza che qualche cittadino non particolarmente probo passasse dietro di loro a fregarle dalle cassette della posta, ma a quello ci avrebbe pensato poi.

Se voleva essere veramente onesto con se stesso doveva ammetterlo. Il problema non era quello. Anche se quel virus di merda era qualcosa che non pensava avrebbe mai dovuto affrontare nella propria vita, quello che gli veniva richiesto era comunque parte dei propri doveri, che avrebbe svolto forse bofonchiando, sì, ma con incrollabile rispetto per la propria missione. O così voleva credere.

No, il problema non era quello. Il problema era a casa, nella stanza accanto alla sua.

Doveva smettere di pensarci se voleva sperare di combinare qualcosa, quella mattina.

Ma, appunto, le urla fuori dalla porta non aiutavano.

Con uno sbuffo irritato chiuse l'ordinanza, afferrò quella stupida mascherina bianca e se la posizionò su naso e bocca, con un lamento continuo dentro la testa, con il quale malediva quegli elastici di merda che avevano già iniziato a irritargli la pelle delicata dietro le orecchie. Il suo problema casalingo ne avrebbe riso molto, davvero.

Si premurò anche di pulirsi le mani con l'igienizzante al lime che teneva dentro la tasca della divisa e infine spalancò la porta all'urlo di "Ma che cazzo sta succedendo qua, siamo al mercato?"

All'improvviso, il mondo fuori dal suo ufficio si fece silenzioso.

Lucio poté osservare la scena come uno spettatore esterno per qualche istante.

Alla guardiola, l'agente Mara stava ancora brandendo una penna in direzione dell'uomo aggrappato al bancone, a separarli c'era solo il vetro di plexiglass che aveva fatto installare all'inizio della quarantena. L'uomo urlante, al momento ammutolito per la sorpresa, era tenuto fermo dalle mani rigorosamente guantate del brigadiere Conciu e dell'appuntato Principe, i quali erano visibilmente incazzati come faine nonostante metà della loro faccia fosse coperta.

"E lei, non ha la mascherina," ringhiò Lucio. Con due falcate raggiunse il mobiletto di ferro che avevano riconvertito a piccolo magazzino, lo aprì, tirò fuori una mascherina dalle buste e la lanciò a Principe. "Mettetegliela."

L'uomo, tenuto fermo dalle mani dei due carabinieri, parve rianimarsi in quel momento. "Non la voglio la vostra cazzo di mascherina! Sono stufo! Non potete obbligarmi!"

"Posso eccome," ringhiò Lucio, anche se sapeva benissimo che non era vero. "Se la metta e mi spieghi perché sta urlando come un'aquila dentro la mia caserma."

Cristo, il mal di testa rischiava di iniziare a fare provincia.

L'uomo, un operaio edile che abitava a dieci chilometri da lì, gli vomitò addosso un fiume di parole smozzicate dalla presenza della mascherina, parole che Lucio capì a metà perché l'uomo parlava in un dialetto del sud che lui non conosceva. Inoltre l'emicrania non aiutava.

Iddio, dammi la forza.

"Senta," iniziò, cercando di risultare calmo e gentile nonostante la voglia di prenderlo per il colletto e lanciarlo fuori dal cancello. "Capisco che sia un momento difficile per tutti, ma non è venendo a urlare in caserma che la sua situazione migliorerà."

Seguì un'altra sfilza di parolacce a cui nessuno di loro diede peso, anche se mettersi a bestemmiare in una stanza piena di militari non era una buona idea. Ma l'uomo aveva perso il lavoro a causa della pandemia e della successiva quarantena, non era l'unico, era un mondo di merda e lui non poteva farci assolutamente niente. Capiva quanto fosse arrabbiato. Diamine, lo sarebbe stato pure lui al suo posto.

In qualche maniera Lucio riuscì a riportare l'uomo a più miti propositi senza usare la minaccia della propria divisa, gli regalò una busta di mascherine per la famiglia e lo indirizzò all'ufficio del Comune al quale avrebbe potuto rivolgere le sue lamentele in modo appropriato.

"Che palle," borbottò Conciu, strofinandosi le mani con l'igienizzante dopo essersi levato i guanti. "Meno male che c'è lei. Non so come fa a essere sempre così gentile con tutti."

Lucio scrollò le spalle, su cui spiccavano le mostrine del suo grado di capitano. "Non puoi biasimare la gente per essere stremata dalla quarantena. Non hanno un lavoro che possono fare da casa o altri tipi di entrate. Al suo posto sarei arrabbiato uguale."

Insieme volsero in direzione del piccolo cucinino della caserma, alla ricerca di un caffè. Nonostante il grado molto più basso di Conciu, l'uomo era più vecchio di lui di almeno venticinque anni e sognava la pensione da altrettanti. Era in quella caserma da sempre, da ben oltre 'arrivo di Lucio tre anni prima, quando aveva sostituito il maresciallo Pizzi. Scherzando, Pizzi gli aveva detto che Conciu era di serie.

Era un uomo gentile, che non mancava mai di mostrare foto della sua adorata Sardegna, e molto amato da quella parte del comune. "Hai ragione, Ferrando. Metto su il caffè, va'."

"Grazie." Lucio si fiondò su una delle sedie di legno vicino al tavolino di formica verde risalente più o meno alla prima guerra mondiale e si passò le dita sulle tempie, irritato. Era difficile non toccarsi la faccia, un gesto così abituale, ma si diede giusto una sistemata ai corti capelli neri.

La mascherina gli pendeva da un orecchio, ma non aveva

né le forze né la voglia di sistemarla. Sapeva benissimo che se doveva stare a meno di un metro dai suoi colleghi doveva comunque tenerla su, ma viveva gomito a gomito con la sua piccola brigata da tre anni e nessuno di loro era, per fortuna, ammalato. In più come avrebbe fatto a bere il caffè con la mascherina indosso? "Come va a casa?"

Conciu sbuffò dal naso. "Come vuoi che vada, Lucio. Mia moglie non può andare a lavorare e non manca mai di ripetermelo a ogni singola ora del giorno in cui sono a casa. Posso avere una branda in caserma?"

"No."

"Stronzo."

"Sempre," ridacchiò in risposta. Il profumo del caffè proveniente dalla moka che borbottava in sottofondo penetrò le pareti della sua scatola cranica e parve risvegliargli un po' di vita dentro. "Dici che se ne bevo abbastanza mi passa l'emicrania?"

Il brigadiere prese due tazzine dall'armadietto e le posò sul tavolino. "No. Devi bere, Lucio. Acqua. Sai perché hai sempre mal di testa? Perché non bevi acqua."

"La bevo," si lamentò debolmente, sapendo benissimo che l'altro aveva ragione. Sembrava di piagnucolare contro suo padre nonostante tra loro ci fossero un bel po' di gradi di differenza. "Giuro."

"Mh. Comunque, come va con il tuo coinquilino?"

Lucio roteò gli occhi al soffitto. Lo sapeva perché aveva mal di testa, e la ragione della madre di tutte le sue emicranie aveva un nome e un cognome: Raffaele Bruno, l'appena citato coinquilino con il quale divideva un costosissimo appartamento di cento metri quadrati nella zona dei Navigli. Ma preferiva svenarsi per l'affitto piuttosto che vivere in caserma o comunque lì vicino, perché la periferia milanese non era nota per essere graziosa e bucolica.

Dopo cinque anni a Roma per l'Accademia e il resto in svariate regioni del sud – Lucio odiava con tutto il cuore l'abitudine dell'Arma di spedirti sempre almeno a cinquecento chilometri da casa – dove aveva dormito per lo più negli stanzoni dei vari battaglioni, all'alba dei suoi trentatré anni finalmente era approdato a Milano e per la prima volta si era rifiutato di fare il nido in qualunque cosa messa a disposizione dall'Arma. Quello in cui era incappato però era un problema tanto suo quanto di un sacco di altra gente che cercava dimora nella città della moda: affittare era impossibile e comprare era fuori dalle sue possibilità. Così, per qualche misterioso giro a cui avevano contribuito un collega del terzo battaglione e un altro che doveva andare via da Milano, si era ritrovato alla porta di Raffaele Bruno, per l'appunto la ragione della sua perenne emicrania.

Si ritrovò a sbuffare, massaggiandosi di nuovo le tempie. "Come vuoi che vada. Non sta mai zitto. Mai, davvero. Prima lo vedevo pochissimo, ma adesso…"

In orari e in tempi normali, Lucio e Raffaele si incrociavano poco e niente. Lucio lavorava dieci ore al giorno in caserma e l'altro… l'altro era un dannato pittore. Passava ore e ore chiuso dentro la stanza che lui definiva studio e a Lucio andava bene, fintanto che aveva una camera sua dove dormire e un pezzo di divano in salotto dove lasciarsi morire se aveva avuto un turno stressante.

Non gliene era mai fregato molto di quello che Raf faceva, doveva essere onesto. Non aveva un occhio critico per l'arte e non ne capiva niente, non gli aveva mai chiesto di mostrargli i suoi lavori perché non gli interessavano e in generale Lucio si esprimeva solo a grugniti in casa, perché tutto il suo impegno per dialogare era concentrato in quelle dieci ore in cui doveva amministrare la caserma, fine della storia.

"Vabbè dai, è un ragazzo," commentò Conciu, versando il caffè dalla moka nelle tazzine. Prese un cucchiaino e versò una bustina di zucchero nel proprio, mentre passò quello nero come la morte al suo capitano. "Quanti anni ha, hai detto?"

Lucio roteò di nuovo gli occhi. "Mi pare venticinque? Ventiquattro? Se non mi ricordo male sta ancora studiando, forse gli manca un anno a laurearsi."

"Ti vedo molto interessato alla cosa."

"Non me ne frega un cazzo," borbottò, irritato. "E vorrei continuare a fregarmene, ma adesso segue le lezioni dal salotto e proprio nei miei giorni liberi. In più parla, parla e parla."

La maggior parte delle volte le passava a ignorarlo: Raffaele apriva la bocca e il cervello di Lucio si spegneva in automatico. Dopo anni passati ad avere a che fare con citta-dini incazzati, era diventato un maestro nel far filtrare nelle proprie orecchie solo lo stretto necessario e ignorare tutto il resto. Non era cattiveria, quanto mera sopravvivenza.

La voce di Raffaele Bruno invece aveva l'innaturale talento di raggiungere picchi di elevato spessore acustico quando era particolarmente eccitato per qualcosa che non vedeva l'ora di raccontargli, e questa riusciva nel penetrare a fondo le sue difese mentali, stridendo contro i timpani e dandogli l'imme-diato desiderio di mettere una mano su quella bocca rosa e tapparla, magari per sempre. Aveva smesso di immaginarselo come un sadico piacere quando l'immagine mentale di Raf con la bocca coperta da una mano, gli occhioni azzurri da cerbiatto spaventato e i corti capelli castani disordinati gli aveva dato un'erezione da manuale. Da quel momento era bandito dai suoi pensieri.

"Non è che sei proprio il migliore con cui parlare quando sei stanco, in effetti," lo rimproverò il brigadiere, in tono canzonatorio. "Anzi, quando ti ci metti sei pure un bel dito nel culo."

"Lo prenderò come un complimento."

"Non lo era."

Lucio scrollò le spalle e lasciò correre. Non era neanche un insulto – era un po' un dito in culo e non di quelli piacevoli.

A casa non c'era mai, quindi di base non aveva potuto dare la propria impronta all'appartamento, né gli interessava molto. Aveva un coinquilino soltanto perché non poteva permettersi di abitare da solo, cosa che avrebbe preferito di gran lunga. Tra l'altro la presenza di Raffaele era un deterrente non da poco per qualsiasi sua velleità sessuale. A parte la distrazione costante che il molesto ma attraente ragazzo esercitava su di lui, era difficile portare a casa qualcuno – un uomo – che non finisse poi in una delle solite categorie, tutto per colpa di Raffaele.

Il primo tipo era il 'vorrei ma non posso', il terrorizzato dal mondo che indietreggiava non appena percepiva la presenza di un'altra persona. Lucio faceva di tutto per spiegare che no, non era il suo moroso, e no, non erano affari suoi cosa facesse Lucio in casa propria. Lucio avrebbe voluto rassicurare quei ragazzi sul fatto che non c'era nulla di male nell'essere se stessi e amare chiunque volessero, una lezione che aveva imparato con molto sforzo e molta fatica. Di solito però non aveva tempo di fare la parte della buona influenza e i suoi incontri sfumavano non appena lo sguardo della conquista di turno cadeva sugli oggetti di Raffaele, che non potevano in alcun modo essere di proprietà di Lucio.

Il secondo tipo comprendeva gente che arrivava a casa con Lucio e finiva poi nel letto di Raffaele senza che questi facesse nulla, se non dire "ciao" con uno sbaffo di pittura rosa sulla faccia.

Lucio non aveva problemi riguardo il proprio aspetto – era in forma e sapeva di essere almeno belloccio se magari non proprio attraente in maniera canonica, con corti capelli neri pettinati all'indietro, occhi blu scuro e una mascella con cui tagliare i diamanti, senza contare il fisico che gli aveva regalato il duro addestramento all'Accademia – e non pensava che Raffaele gli soffiasse i frutti di serate di rimorchio. Ma chiaramente i suoi accompagnatori vedevano in Raffaele qualcosa che lui non aveva e lo preferivano senza mezzi termini. Maledetti infami e ingrati.

Il terzo tipo comprendeva studenti dell'università e ragazzi di poco più grandi ed era una categoria che Lucio aveva giurato di non toccare mai più, non da quando era arrivato a casa con il miglior amico di Raffaele senza saperlo. Porco il clero, in una città di un milione e mezzo di abitanti aveva beccato giusto il miglior amico del suo coinquilino. Zero stelle, esperienza da non ripetere.

Infine il quarto tipo, ovvero quelli che quando scoprivano che era un carabiniere e che gli piaceva pure il cazzo sbroccavano. Certo, per molti anni nell'Arma essere gay era stato un problema e anche nel 2020 Lucio evitava di dirlo ad alta voce se poteva, ma cazzo. No, se sapevano che eri una guardia iniziavano a correre in direzione contraria, per qualche misterioso atavico senso di colpa che prendeva chiunque di fronte a una forza di polizia.

Dopo il caffè, Lucio tornò in ufficio a evadere ulteriori scartoffie. Conciu amava ripetere che l'Italia non era una repubblica fondata sul lavoro, quanto una repubblica fondata sulle carte. Anche soltanto per organizzare delle pattuglie aggiuntive bisognava passare attraverso quintali di moduli, autorizzazioni, certificazioni e ora anche procedure di sanificazione delle auto e dei locali comuni. Per non parlare delle nuove sanzioni e delle benedette autocertificazioni che continuavano a cambiare da una settimana all'altra. Aveva molto rispetto per il Presidente del Consiglio, ma magari darsi una regolata su un'unica autocertificazione avrebbe aiutato, visto che a quel punto si aspettava fogli con scritto 'Sei fidanzato? SÌ – NO – FORSE' durante le pattuglie.

Lucio smaltì un po' di lavoro, poi si ritrovò a pensare a Raffaele per l'ennesima volta. Aveva un bel dire di non sopportarlo, quando poi ci tornava con il pensiero spesso e volentieri. Con uno sbuffo infastidito mise via un altro fascicolo, poi prese il cellulare e si assicurò che la porta del suo ufficio fosse ben chiusa.

In mattinata aveva ricevuto una notifica dall'account OnlyFans di xXUnicornXx e non vedeva l'ora di dare un'occhiata. A giudicare dalle ultime anteprime, quel set doveva essere una bomba, e Lucio non vedeva l'ora di goderselo una volta a casa, in compagnia di una birra fredda e dieci mandate alla porta della stanza. Se avesse dato soltanto una sbirciatina…

Non avrebbe dovuto fare quella cosa in caserma e lo sapeva. Già una volta aveva rischiato di scordarsi il cellulare con le notifiche attive e per poco uno dei suoi non lo aveva beccato. Conciu era abbastanza vecchio da non sapere cosa fosse OnlyFans, ma gli altri erano fin troppo giovani e capaci.

Poi insomma, bastava avere gli occhi per rendersi conto dell'inappropriatezza di quel materiale.

In ogni caso entrò nelle mille sottocartelle in cui teneva l'icona dell'app per ultima e ci cliccò sopra, scrollando la home. Quello di xXUnicornXx non era l'unico account che seguiva, faceva da mecenate anche a diversi altri ragazzi, ma erano pochi spicci. No, sganciava anche cinquanta euro al mese solo per xXUnicornXx e non se ne era mai pentito.

Certo, tecnicamente quello che stava facendo era favoreggiamento alla prostituzione, se proprio andava a cercare il pelo nell'uovo, e un carabiniere non faceva certo quelle cose, anzi. Altrettanto tecnicamente nessuno obbligava migliaia di persone a vendere le proprie foto intime su OnlyFans, per cui stava usufruendo di sano porno amatoriale e magari pagando gli studi a qualcuno. Gli piaceva crederci e lavarsi la coscienza così, tanto alla fine della giornata non importava niente a nessuno su cosa si segava se non faceva danno ad altri.

Gli mancò il fiato.

xXUnicornXx aveva postato un paio di foto pubbliche di introduzione per poi rimandare al post di quelle a pagamento, con il set completo. Solo quelle due immagini lo obbligarono a risistemare le gambe per placare sul nascere la propria erezione.

Le foto per sé non erano sconvolgenti, era solo un ragazzo su un letto e non era nemmeno nudo. Ma xXUnicornXx era splendido, con quelle cosce lattee senza un difetto. Indossava un paio di mutandine nere e una felpa oversize dello stesso colore, tirata su da una mano a mostrare il ventre piatto con un lieve accenno di muscoli.

Chissà cosa c'era nel set completo, si ritrovò a sospirare mentre chiudeva forzosamente l'applicazione a malincuore e disattivava di nuovo le notifiche. La quarantena non aveva certo fatto bene alla sua vita sessuale. Poteva godersi almeno quella distrazione, no? Cazzo, aveva persino disinstallato Grindr.

A casa le avrebbe guardate tutte con calma, avrebbe ammirato in silenzio ogni centimetro di pelle scoperta di xXUnicornXx e per l'ennesima volta si sarebbe trovato a chiedersi che faccia avesse, visto che si guardava bene dal pubblicare qualsiasi cosa comprendesse il suo volto. Non se la sentiva di biasimarlo, giacché essendo porno amatoriale chiunque avrebbe potuto rivolgerglielo contro per minacciarlo. Si sarebbe tenuto la voglia e il mistero sulla sua identità sarebbe continuato. Non sapeva nemmeno da che parte del mondo arrivasse, visto che scriveva i post in un inglese abbastanza buono e non parlava mai di sé.

Il bussare alla porta lo fece sussultare e si infilò il telefono in tasca in fretta e furia, per nascondere quel suo piccolo segreto. "Avanti."

Conciu apparve dall'altra parte con dei fogli in mano e l'espressione rigida. "Capitano, abbiamo un problema."

Il mal di testa tornò a tutta forza.

CAPITOLO DUE

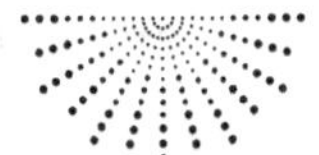

Tre giorni più tardi a Lucio era passato il mal di testa, ma il carabiniere era ancora incazzato nero.

Una delle sue pattuglie era stata a contatto con un potenziale infetto durante un controllo di routine. La cosa aveva innescato la quarantena immediata per tutta la caserma, giacché i due erano tornati beati e si erano mischiati agli altri, ignari di poter essere veicolo di contagio.

Erano state quindi disposte per lui e per tutti gli altri almeno due settimane di quarantena cautelare, più la sanificazione dei locali, che sarebbero stati occupati da altri agenti mentre loro erano a casa.

Ciò significava che da quel momento aveva davanti quattordici lunghissimi giorni inchiodato nel suo appartamento insieme a Raffaele.

Era *furioso*. La loro casa non aveva spazi adatti a ospitare due uomini adulti e non imparentati 24 ore su 24. Inoltre Raffaele già 'lavorava' da casa tutto il santo giorno e ne occupava ogni angolo vitale.

Nello studio aveva un computer mostruoso con due

schermi enormi e nonostante ciò si metteva in soggiorno a seguire i corsi di Domestika in spagnolo sudamericano, quando Lucio avrebbe anche guardato volentieri la partita o persino un TG. Qualsiasi cosa pur di non dover sentire di nuovo una che gli raccontava come dipingere fiori in spagnolo. Anche se il TG era la cosa più angosciante che ci potesse essere già in condizioni normali, figurarsi in quel momento col virus in mezzo alle palle.

Inoltre Lucio si sarebbe comunque portato a casa un po' di lavoro, e non era precisamente la persona più tecnologica del mondo. Insomma, sapeva usare il pc per ogni faccenda usuale, sapeva fare acquisti e senza dubbio sapeva come usare un OnlyFans, ma avviare una VPN per controllare la mail da remoto era già qualcosa che gli faceva venire un diffuso prurito.

Non aveva la benché minima intenzione di lavorare in camera sua. La sua stanza era scarna ma ordinata, con un certo gusto minimalista. Aveva una piccola libreria ben fornita, un tavolino che ospitava il portatile e una pianta, e un bel televisore alloggiato su di una staffa nella parete di fronte al letto.

Comodini, armadio, specchio, non c'era niente di superfluo, visto che comunque Lucio trascorreva il grosso della sua giornata fuori casa, in un ambiente sovraccarico e caotico. Gli piaceva rilassarsi quando poteva.

Ma proprio perché desiderava rilassarsi non voleva portare il lavoro nel suo santuario privato. Quindi avrebbe dovuto attrezzarsi per lavorare in cucina o in soggiorno, e la cosa lo faceva uscire dai gangheri a prima mattina, senza neanche aver preso il primo sorso di caffè.

Era infatti la prima mattina della quarantena. Lucio si era

comunque svegliato alle sei come suo solito ed era andato in cucina di soppiatto, cercando di bere il caffè prima di essere colto in flagrante da Raffaele.

Inutile. Appena aveva messo piede in cucina, la porta dell'altro si era aperta con uno schianto smisurato per un gesto tanto usuale, e l'altro era comparso sotto i suoi occhi stanchi.

"Ehi... ciao!" disse Raffaele, stropicciandosi gli occhi con una mano.

Lucio lo scrutò da capo a piedi prima di poterselo impedire. Lo stronzetto era in mutande e scalzo, coperto di glitter e con la faccia sbattuta di chi non aveva dormito neanche un istante.

"Che cazzo ci fai in piedi a quest'ora tu," bofonchiò Lucio, prima di potersi trattenere.

Raffaele si grattò la zucca e sbadigliò. "Non sono mai andato a dormire, stavo andando adesso ma ho pensato di bere il caffè con te!"

Lucio borbottò qualcosa di molto maleducato, che però l'altro non colse.

"Beh, grazie suppongo. Che devi fare oggi?" disse, in un maldestro tentativo di conversazione.

Raffaele inclinò la testa di lato e soffocò un altro sbadiglio, sorpreso. Difficile che Lucio gli rivolgesse più di dieci parole al giorno, quasi tutte dirette a levarselo di torno il prima possibile. "Beh, uh, sono le sei... dormo fino alle due, poi ho da fare su Twitch, poi devo studiare, poi, boh? Perché?"

Lucio scrollò le spalle. "Devo lavorare pure io. Mi hanno lasciato a casa per due settimane," rispose, masticando amaro.

Ma Raffaele non la pensava allo stesso modo. Batté le mani tutto contento e si illuminò in viso. "Ma dai, che bello! Mi puoi fare un po' di compagnia. E se facciamo la spesa ti cucino qualcosa."

Dio santo. Dio santissimo. Non ce l'avrebbe fatta neanche per mezza giornata.

Figurarsi quattordici giorni.

Le regole in casa erano sempre state abbastanza particolari. Lucio a pranzo mangiava sempre in mensa e cenava a casa da solo la sera, spesso ordinando della pizza o qualcosa a take away mentre tornava indietro dal lavoro, oppure si accontentava delle quattro cazzate che aveva nel suo ripiano di frigo, mentre tutti gli altri erano occupati dalle verdure di Raffaele. Il suo coinquilino non era né vegetariano né vegano, ma mangiava sano. Come spesso amava dirgli, quel corpo non si manteneva certo da solo.

Si passò le mani sugli occhi. "Ok, ma almeno vestiti, cazzo. Siamo a marzo, non fa tutto questo caldo."

"C'è il riscaldamento acceso," rispose l'altro, tendendosi per recuperare il barattolo del caffè macinato dalla dispensa. Subito lo sguardo di Lucio cadde sul suo culo, ma lo distolse immediatamente. "E poi lo sai che mi piace una temperatura tropicale."

"Guarda che non la pago più una bolletta come quella di dicembre, te lo dico," rispose, ricordandosi della cifra spropositata del gas che avevano pagato pochi mesi prima. Gli era venuto un mezzo infarto e comunque si era sentito obbligato a saldare anche la parte di Raffaele visto che il periodo di merda aveva colpito anche il suo lavoro, se così poteva chiamarlo. Non che lo sapesse, visto che nella sua testa il ragazzo era un pittore e basta. Lucio aveva sempre giustificato le sue possibilità economiche con una famiglia facoltosa alle spalle, non sarebbe stato certo né il primo né l'ultimo.

"Eddai, è stata solo quella volta," si lagnò l'oggetto dei suoi pensieri, mettendo su la moka e raccattando una tazzina.

Poco più tardi se lo ritrovò appiccicato e molto svestito mentre beveva il caffè. Lucio spinse via la sua sedia con un calcio e prese fiato. "Non starmi sempre addosso. Ora vai a dormire e per l'amor del cielo non fare casino. E fatti una doccia. Non so cosa hai combinato, ma non voglio quei glitter in giro."

La bocca piena e rosa di Raffaele si storse appena in una smorfia, ma il ragazzo si passò le dita tra i capelli castani e annuì. Non offrì alcuna spiegazione in merito alla presenza di quelle piccole particelle luminose, né Lucio voleva veramente saperne qualcosa.

"Ok," rispose dopo aver finito il caffè. "Streammo dallo studio oggi pomeriggio, se vuoi stare in salotto."

Poi finalmente si levò dal cazzo e Lucio poté riprendere a respirare, ma non prima di aver dato un'altra scorsa a quel culo perfetto mentre il ragazzo si allontanava.

Sarebbe stata una lunghissima quarantena.

Chiuso nella propria stanza, Lucio aprì il telefono e poté godersi il nuovo set di xXUnicornXx, che ancora non era riuscito a vedere a causa di tutti i casini successi in caserma. Raffaele si era chiuso nel suo studio, metaforicamente visto che la porta era spalancata e poteva sentirlo chiacchierare giulivo con chiunque ci fosse dall'altra parte dello schermo. Il suo cervello si era spento nello stesso momento in cui il ragazzo aveva iniziato a parlare, così poté concentrarsi sulla propria solitudine, visto che di lavorare non se ne parlava nemmeno con l'altro che faceva versi a due camere di distanza.

Si stese sul letto e recuperò l'accesso all'app di OnlyFans, andando subito alla ricerca del profilo di xXUnicornXx. L'anteprima era proprio come se la ricordava qualche giorno prima: un meraviglioso ragazzo accosciato sul letto con indosso soltanto delle mutandine nere. Era pronto.

Cliccò sul titolo del set e finalmente ebbe accesso a una moltitudine di foto che erano una meglio dell'altra e iniziavano tutte con quelle mutandine e la felpa nera oversize.

xXUnicornXx faceva un set del genere ogni mese, con molte foto, mentre nei giorni normali si limitava a scattare qualche foto piccante mentre si cambiava d'abito o cose così. Apprezzava anche quelle, perché il corpo del ragazzo era uno spettacolo. Magro, asciutto e senza un pelo, ma non era un moccioso, si vedeva che aveva qualche muscolo sotto la pelle e questo lo rendeva meno femminile di un twink. Ma aveva una pelle cremosa e perfetta che veniva esaltata dalle foto e che lo faceva ammattire.

Sì, decisamente i cinquanta euro meglio spesi del mese.

E non era finita lì. Oltre al set fotografico, quella volta xXUnicornXx aveva incluso un brevissimo video. Si trattava di una manciata di secondi e come sempre il ragazzo era stato cauto a non riprendere nulla al di sopra del collo. Non succedeva nemmeno nulla di eclatante, c'era solo l'unicorno in questione che si metteva a sedere sul letto e sollevava appena il bordo della felpa, abbastanza per vedere il profilo leggero dei suoi pettorali, non abbastanza per vedere altro.

Oh Cristo.

Lucio si tirò su e andò a girare la chiave nella porta con tutta la delicatezza di cui era capace. Nessuno di loro si chiudeva mai a chiave in nessun posto della casa, era una delle regole su cui Lucio era più ferreo perché non ne voleva sapere di dover chiamare i vigili del fuoco se uno dei due sveniva nella vasca da bagno. Bastava bussare o, in casi estremi, mettere un cartello sulla porta per vietare l'accesso all'altro.

Ma era anche vero che non passavano molto tempo chiusi in casa insieme e Lucio non era sicuro che Raffaele avrebbe rispettato una onesta porta chiusa, se gli fosse venuta la voglia improvvisa di socializzare con il burbero carabiniere. Passi essere interrotti durante il caffè del mattino, o mentre era al cesso impegnatissimo a risolvere il sudoku.

Non voleva essere interrotto mentre se lo menava, che cazzo.

Chiusa la porta a chiave, Lucio tornò a letto e si mise il più comodo possibile, poi riaprì il set di xXUnicornXx con *crescente* anticipazione.

Sarebbe stato splendido mettere le mani su quel corpo liscio e atletico, toccarlo, stringerlo, coprire di rossore quel culo piccolo bianco e tondo e tenerlo sull'orlo fino all'ultimo istante, prima di spingersi dentro di lui e-

Cristo, Lucio, si disse, raccogliendo una manciata di fazzolettini di carta dal comodino. Le sue escursioni nel porno amatoriale lo infoiavano oltre misura, ma la soddisfazione che ne traeva durava sempre poco, seppellita da un lieve senso di colpa che gli strisciava sottopelle e dalla nostalgia di vero contatto umano. Da un lato sperava con tutto se stesso che nessuno dei ragazzi che seguiva fosse nell'ordine costretto, minorenne o inconsapevole di quanto veniva messo su internet. Dall'altro, si giudicava un po' un fesso e un perdente a sprecare tempo e soldi dietro uno che, per quel che ne sapeva, poteva essere dall'altra parte del globo. E ora ci mancava pure la quarantena. Di quel passo non avrebbe mai trovato qualcuno in carne e ossa, fosse anche solo per un sana scopata.

Oh, beh.

Riaprì l'app e tornò a scorrere tra i set vecchi del suo unicorno prediletto. Raffaele sembrava averne ancora per molto, forse sarebbe riuscito a farsene un'altra prima che venisse a buttargli giù la porta.

Tornò al suo set preferito, nonché l'unico davvero spinto che xXUnicornXx aveva fatto l'anno prima. Spesso il ragazzo mostrava qualche sex toy, ma non era niente di che, quasi mai metteva foto in cui li usava. Stuzzicava e basta.

In quel set invece indossava solo la solita grossa felpa nera e nient'altro, ma in compenso i primi piani del suo piccolo culo rotondo e roseo riempivano lo schermo così come le due dita che si ficcava dentro con decisione. Le foto erano stupende, ma niente era come l'unico video – che Lucio aveva guardato e riguardato per settimane – in cui xXUnicornXx giocava con la sua apertura e veniva così, solo per un paio di dita.

Lucio scacciò con forza il pensiero negativo che stava risalendo a galla.

Gli sarebbe piaciuto avere un fidanzato così, bello come il peccato e sfacciato in camera da letto. xXUnicornXx incarnava il suo ideale, mentre la sua vita era costellata di gente troppo maschia per farsi abbracciare dopo il sesso o che non baciava in bocca dopo che succhiava il cazzo. E poi c'era Raffaele, la sua eterna dannazione per svariati motivi, uno tra tutti quello dell'avere proprio il fisico adatto. Peccato per tutto il resto.

Non gli era mai passato per la testa di provarci con Raf. Sarebbe stato un suicidio, da ogni parte la si fosse guardata. Ci doveva vivere con quel cristiano e già non lo sopportava normalmente, figurarsi se fosse stato al centro della sua attenzione.

Scosse la testa e si concentrò sulle dita di xXUnicornXx che entravano e uscivano dal suo culo perfetto e fu a tanto così dal venire di nuovo quando il suono di qualcosa che cadeva dall'altra parte della casa lo fece immobilizzare, seguito da una sonora bestemmia.

Guardò il proprio uccello con dolore, poi si tirò su le mutande in fretta e si mise in piedi. Sbloccò la porta e corse verso la stanza che Raffaele usava come studio. "Che cazzo succede?"

Raffaele fissava con una smorfia la sua cassa portatile frantumata a terra vicino ai suoi piedi inciabattati. "Niente. Ho appena finito lo streaming e sono inciampato nel cavo di ricarica della cassa. Si è rotta."

"Questo lo vedo anche io." Con uno sbuffo Lucio girò i tacchi e raggiunse la cucina, maledicendosi. Spinse fuori il pensiero di xXUnicornXx dalla testa insieme alla sua smosciata eccitazione e raccattò una scopa e una paletta, tornando al cadavere della cassa. "Dai, ne compri una nuova su Amazon dopo."

Invece di rispondergli giulivo come suo solito, il suo giovane coinquilino gli strappò di mano la scopa e si mise a spazzare i frammenti per terra con un'espressione furiosa che lui non capiva. Era solo una cassa bluetooth, santo cielo, ed era pure vecchia come il cucco. Se andava bene, l'avrebbe rimpiazzata con venti euro. "Ce l'avevo da una vita."

Lucio gli passò la paletta. "Fosse stata una cassa Bose potrei capire, ma..."

"Non è che perché non è di marca allora vale di meno, eh,"

bofonchiò Raffaele, irritato. "Non è il punto, è che senza musica non riesco a lavorare. Non fa niente, non fa niente."

Non capiva quale fosse il problema. E da un lato voleva sbuffare di fronte a quell'affermazione infantile. Musica per lavorare. Doveva farlo venire in caserma un paio di volte, altro che musica.

Più tardi, quella sera, Lucio scoprì con un certo grado di orrore che peggio di un Raffaele iperattivo e allegro c'era la sua versione incazzosa e nervosa, da cui non poteva nemmeno scappare perché non aveva nessuna intenzione di alzarsi dal divano per chiudersi nella propria stanza, era anche il suo salotto quello.

"La smetti di fare il muso?" sbottò mentre finivano di litigare per l'ennesimo film da guardare su Netflix. "Era solo una stupida cassa. Te la compro io, se proprio devi farla così lunga."

Raffaele strinse le labbra e si sistemò meglio sotto la coperta di pile dall'altra parte del divano a L. "Era un regalo, ci ero affezionato."

Che palle.

"Una vale l'altra," sentenziò, scegliendo il film sulla tv e lasciandolo partire. Raffaele non rispose, rintanato sotto la coperta con un libro, e lui si ritrovò in automatico con il cellulare in mano e una cazzo di cassa bluetooth nel carrello. E un lettore di ebook, perché qualcosa gli diceva che quella quarantena sarebbe stata *lunga*.

CAPITOLO TRE

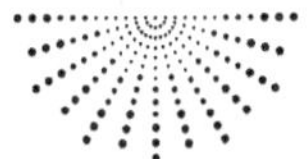

La caserma era stata sanificata, ma Lucio non poteva uscire di casa per andare a controllare che tutto fosse andato bene, per cui si limitò a chiudere la chiamata con il suo superiore e stringere le labbra con fastidio.

Aveva avuto una qualche vaga speranza di poter uscire, ma no. Vietato.

Raffaele invece sembrava aver superato la faccenda della cassa, soprattutto dopo che Lucio gli aveva fatto vedere il suo carrello di Amazon. A dirla tutta non sapeva perché lo aveva fatto.

Non era poi così affezionato al ragazzo e il fatto di trovarlo attraente non contava in nessun modo. Ma non era neanche costipato emotivamente al punto di non vedere l'espressione dispiaciuta dell'altro e lui in fondo era sempre stato un buono. Sperava però che quel piccolo regalo – che aveva comprato *solo* perché doveva ordinare altra roba su Amazon, tipo la spesa – non avrebbe trasformato Raf in qualcosa di ancora più rumoroso e appiccicoso.

"Ah, che palle."

L'oggetto dei suoi pensieri uscì dallo studio brandendo un pennello e due tazze entrambe piene di quello che poteva essere tè, se una non avesse contenuto del liquido blu. "Che hai ancora?"

"Ho bevuto l'acqua con il colore e lavato il pennello nel tè. Di nuovo," rispose Raf, con un colorito rosso sulle guance che segnalava imbarazzo, ma che il cazzo di Lucio registrò in un altro modo. "Ora devo buttare tutto."

Lucio lo guardò avviarsi al lavandino della cucina e si ritrovò a osservare i leggings attillati che l'altro indossava sottolineando la rotondità del suo culo e la maglietta stracciata tutta sporca di colore. Si morse il labbro. "Sei un cretino."

L'altro sorrise. "Beh, sì. Sbaglio ogni volta."

Lucio lo guardò zampettare attraverso il soggiorno, poi lo sentì aprire l'acqua e trafficare con le due tazze.

"E dire che ho una tazza con scritto 'colore' e una con scritto 'acqua', ma non funziona mai," disse Raffaele dalla cucina.

Lucio mise giù il telefono sul quale stava componendo da un'ora un circostanziato messaggio per mandare a fanculo i due colleghi di pattuglia responsabili di aver confinato in casa l'intera caserma e alzò lo sguardo.

Si ritrovò davanti Raffaele, appollaiato sul tavolino con le due tazze piene di acqua fresca appoggiate per terra vicino ai piedi nudi e l'aria pensierosa.

"Che c'è adesso," disse Lucio, già esausto. Erano passati soltanto tre giorni, ne mancavano undici, e come se non bastasse si sentiva nervoso e letargico allo stesso tempo. Smaniava dalla voglia di fare qualcosa e avrebbe avuto quintali di documenti da sistemare – vecchie bollette, cedolini, dichiarazione dei redditi...– ma non riusciva a concentrarsi su nulla, e finiva per passare le giornate leggendo i post dei suoi amici su Facebook, aggiornando compulsivamente la rassegna stampa dell'Ansa e controllando ogni due secondi se xXUnicornXx avesse postato qualcosa di nuovo.

"Niente," disse Raffaele. Si leccò il labbro, pensieroso, poi se lo mordicchiò.

"Che c'è, avanti."

Raffaele sospirò e si passò le dita nei capelli, spettinandoli ancora di più. "Mi dispiace per la faccenda della cassa. E mi dispiace che ti sei sentito in dovere di comprarne una nuova, sono io che sono imbranato e l'ho fatta cadere. Ma ci tenevo."

Lucio lo fissò allocchito. "Raf, non fa niente. Ora ne hai una nuova e non c'è problema. Basta che non ti abitui, perché se va avanti così non so se mi pagheranno regolarmente."

Raffaele scrollò le spalle, incerto.

"Ce l'avevo dal liceo, me l'aveva regalata il mio moroso dell'ultimo anno. Poi ha traslocato e, insomma, non era il valore, era solo che era un ricordo."

Lucio si raggelò. Non c'era quasi niente nella vita che lo terrorizzasse quanto ferire le persone in modi che non si potevano veramente sanare. Rompere un oggetto caro e pertanto non sostituibile era una di queste cose. Una volta, entrando in casa di una cara amica, le aveva distrutto un narghilé che di suo non valeva chissà quanto, ma che era un ricordo di un soggiorno in Africa. L'amica aveva fatto buon viso a cattivo gioco e gli aveva anche intimato di smettere di scusarsi, ma Lucio era ancora addolorato.

"Oh cazzo, ora devo sentirmi in colpa per aver detto che era da due soldi?"

Incredibilmente Raffaele scoppiò a ridere.

"Ma no, cretino! Avevamo diciassette anni, ovvio che era scarsa. E poi non l'hai mica rotta tu, sono io che sono scemo. Però volevo ringraziarti e scusarmi per aver risposto male. Ok? Bene!" concluse il ragazzo, poi recuperò le sue tazze e tornò a sparire nel suo studio, lasciandolo con un palmo di naso.

* * *

La situazione divenne ingestibile in brevissimo tempo. Al quarto giorno Lucio voleva prendere a testate le pareti e a pisellate l'ignaro Raffaele.

Il ragazzo era *impossibile*. Oltre ai suoi stream del cazzo, oltre ai suoi video in spagnolo, oltre al fatto che dormiva di giorno e lavorava di notte, il suo crimine più grave era girare mezzo nudo.

Oh, Lucio non lo avrebbe mai sfiorato neanche con un dito senza esplicito permesso, figurarsi, ma era inevitabile: Raffaele era attraente e lui era chiuso in casa con lui, senza un compagno da troppo tempo e con la solitudine alleviata soltanto dall'OnlyFans di xXUnicornXx. Già, il suo unicorno.

Il ragazzo aveva annunciato che avrebbe messo su un nuovo set di lì a poco e Lucio non stava più nella pelle (o nelle palle). Aveva bisogno di distrarsi da quello che succedeva nel mondo esterno e da quello che *non* succedeva in casa e nella sua vita da anni, e un nuovo set di foto osé era proprio quello che gli serviva.

Almeno avrebbe smesso di pensare a Raffaele che si aggirava per casa dopo la doccia, scalzo, bagnato e coperto soltanto da una maglietta fradicia che si era annodato intorno ai fianchi, perché si era scordato di prendere l'accappatoio.

C'erano poche cose che non aveva ancora visto di lui. Adesso sapeva anche che aveva un neo civettuolo su una natica, proprio all'inizio del solco. Se la quarantena fosse andata avanti a lungo, prima o poi avrebbe scoperto altri dettagli ancora più intimi. Non era sicuro di cosa pensare di ciò, soprattutto perché sapeva perfettamente cosa ne pensasse il suo uccello.

Fu costretto a sopravvivere al pomeriggio e alla cena, prima che xXUnicornXx caricasse un teaser del nuovo set.

Si era tappato in camera non appena era arrivata la notifica e si era abbassato l'elastico dei pantaloni della tuta senza nemmeno pensarci. xXUnicornXx aveva caricato una foto semplice, ma per una volta era senza maglietta e in una posa quasi innocente, se non fosse stato che teneva in mano uno dei suoi giocattoli, un dildo di dimensioni persino normali di un semplice colore nero. Lucio lo fissò con cupidigia, sperando di vederlo sparire nel culo di xXUnicornXx da lì a breve.

Il set arrivò puntuale mezz'ora più tardi e da lì iniziò la deriva. Decine di foto deliziose del culo perfetto del giovane, compreso un piccolo neo proprio all'attaccatura della natica. Per un attimo Lucio si bloccò, cercando di capire perché mai gli risultasse familiare, ma la sua attenzione fu in breve spostata sul video che chiudeva il set.

La quarantena doveva aver fatto effetto anche su xXUnicornXx, perché per una volta il ragazzo si era gettato sul dildo con una fame tutta nuova che fece eccitare in fretta Lucio. Il modo in cui la punta nera scivolava dentro quel buco perfetto e bagnato lo faceva uscire di testa.

In un mondo ideale tutto nella sua mente, avrebbe potuto disporre di quel corpo come meglio credeva ed essere lui a farlo venire, non un sex toy. Ma era e sarebbe rimasta una fantasia.

Con un gemito si alzò dal letto per darsi una ripulita e si infilò in bagno. Già che c'era si lavò anche la faccia e decise che avrebbe dovuto darsi una sistemata ai capelli prima di iniziare a sembrare uno zombie.

Quando uscì dal bagno si avviò verso la cucina, ma nel farlo passò davanti alla stanza di Raffaele. La porta della camera da letto era aperta, cosa che di solito non succedeva, a differenza di quella dello studio. Non era mai stato all'interno di quella camera e di norma non gli sarebbe interessato, ma volle comunque avvicinarsi.

"Ehi, hai lasciato la porta aperta," disse mettendo la testa dentro, mentre il ragazzo alzava la testa da sopra il portatile e gli sorrideva. "Vuoi che te la chiu-"

Lucio si bloccò con la mano sulla maniglia e la bocca aperta. Non registrò nemmeno una singola parola di quello che Raffaele gli stava dicendo perché la sua attenzione era fissa sull'ambiente circostante.

Lui *conosceva* quella stanza.

La conosceva fin troppo *bene*.

Con un verso strozzato chiuse la porta di scatto, se la diede a gambe in camera sua e si chiuse il battente alle spalle. Gli stava salendo un attacco di panico.

Non era possibile.

Non era fottutamente possibile e quello era un tragico scherzo del destino. Perché prima c'era stata quell'epidemia del cazzo e poi... poi... e poi *Raffaele era xXUnicornXx*.

"Respira..." ansimò a se stesso per calmarsi, ma non funzionò. Non c'era modo di placarsi perché quella stanza era la stessa del suo unicorno. "Maddai... quante probabilità ci sono, porca puttana?"

Poche, pochissime.

Eppure.

Tirò fuori il cellulare e aprì in fretta e furia l'app di Only-Fans. Ignorò il video e si concentrò sulle foto e sullo sfondo, non sul corpo del ragazzo. Non c'erano dubbi, quella che aveva davanti era la stessa stanza in cui aveva messo la testa pochi istanti prima.

Inoltre, xXUnicornXx aveva lo stesso delizioso neo all'attaccatura delle natiche di Raffaele e non poté negare che il corpo era lo stesso. Forse era proprio per quello che ce l'aveva perennemente duro in giro a quella disgrazia del suo coinquilino.

Non ce l'avrebbe fatta a sopravvivere a quella quarantena.

CAPITOLO QUATTRO

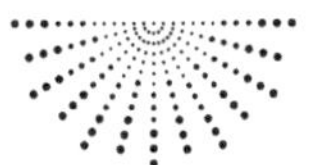

Ovviamente non aveva avuto il coraggio di spiccicare una singola parola in merito. La sera prima si era messo a letto con gli occhi sbarrati come un gufo nella notte e la mente al lavoro per trovare una giustificazione a tutto quel disastro.

Ancora non ci credeva che si era segato per mesi su quello che in realtà era il suo coinquilino, e la cosa lo mandava ai matti.

No, sul serio: quante probabilità c'erano?

Poche se non addirittura nulle, eppure la verità lo smentiva: non solo poteva succedere, era successo ed era successo a lui.

Tra l'altro, Raffaele non aveva capito niente, ma aveva pensato di essere causa del suo quasi-infarto. Beh, lo era, ma non nel senso in cui il giovane pensava. Quindi il suo molesto, bellissimo coinquilino aveva provato a bussare da lui appena era scappato via.

Lucio lo aveva liquidato dicendo di avere un'emicrania fotonica e Raffaele se n'era andato poco convinto. Più tardi gli aveva lasciato un paio di occhiali da sole e un piatto con due toast e due pastiglie di antidolorifico fuori dalla porta.

La mattina dopo, quando Lucio si era finalmente arrischiato a uscire dalla sua stanza e a dirigersi in cucina con tutta la cautela della Pantera Rosa, ci aveva trovato Raffaele già sveglio e con le mani in pasta. Letteralmente.

L'infame aveva indosso un grembiulino ricamato a tulipani che Lucio si era portato da casa di sua madre ed era occupatissimo a sfornare teglie e teglie di muffin.

"Ciao!" trillò la sua croce e delizia, con un bel sorriso. "Volevo farti una sorpresa. Questi sono salati, con pomodorini secchi e scaglie di formaggio, quelli sono con zucchine e pancetta, mentre qui hai triplo cioccolato oppure cioccolato bianco e frutti di bosco... non mi ricordo cosa preferisci la mattina."

Lucio si accigliò e si morse forte la lingua prima che le parole *te, a novanta gradi* diventassero una realtà solida come il suo cazzo fin troppo mattiniero, che rischiava di emergere dal suo pigiama stazzonato e sudato.

"Ehm..." borbottò.

Raffaele indicò la moka da tre tazze che gorgogliava sul fornello. "Sta uscendo proprio ora se vuoi pensarci mentre bevi il caffè, io sforno gli ultimi, hanno il ripieno alla nutella," disse, accosciandosi per aprire il forno e recuperare i dolci.

Lo sguardo di Lucio fece l'unica cosa possibile e scese sul suo culo piccolo e perfetto, racchiuso da un paio di culotte rosse con i profili bianchi e incorniciato dai lembi del grembiulino. Lucio deglutì, ipnotizzato, finché lo sputacchiare della caffettiera non lo costrinse a salvare il caffè prima che fosse troppo tardi.

Si rifugiò al tavolo della cucina prima di tradirsi, mescolando lo zucchero nel caffè con eccessiva energia mentre Raffaele continuava a saltellare per la stanza, raddrizzando cose e sistemando muffin di ogni tipo su un piatto da portata.

Il ragazzo si versò una tazza di caffè, lanciò via il grembiulino e si mise a sedere fin troppo vicino a Lucio, chiacchierando del più e del meno.

"Come va il mal di testa oggi?"

Lucio si affogò nel caffè pur di non rispondere. Raffaele inclinò la testa di lato mentre apriva un muffin salato e si leccava le dita, deliziato dal fragrante ripieno che ancora fumava.

"Mmh, sono stato bravo. Non escono sempre così bene. Quale vuoi provare?"

"Q-quello che vuoi," rispose con voce strozzata, indicando la roba sul tavolo con un gesto vago. L'altro iniziò a stordirlo di chiacchiere mentre gli infilava un muffin in mano e l'unica cosa che poté fare Lucio fu guardarlo con gli occhi sbarrati per il terrore.

Sapeva il segreto di Raffaele.

Ci si era segato su quel segreto.

L'immagine del suo insopportabile, chiacchierone e sexy coinquilino si era sovrapposta a quella di xXUnicornXx e da lì non ne sarebbe mai uscito. Non era così cretino da pensare che ormai il suo vizio fosse rovinato, ne era ben lungi. Ma come poteva continuare a guardarlo negli occhi e mentire sapendo di mentire? O *mentine*, come aveva risposto Raf una volta facendo una battuta *terribile*.

Si infilò in bocca il muffin cercando di tenere gli occhi sulla faccia di Raf e non sul resto del suo corpo. Non sulla maglia lisa e striminzita che arrivava appena ai calzoncini troppo corti e ai chilometri di gambe bianche in mostra, ma sulla sua faccia. Su quei capelli castani spettinati e gli occhioni azzurri da dolce cerbiatto che ora sapeva appartenere a…

"Sono buoni," disse, più per distrarsi che altro.

Raffaele gli sorrise, annientandolo per l'ennesima volta. "Grazie! Non hai idea di quanto sia difficile trovare la farina di questi tempi. Ieri ho fatto un sacco di coda al Carrefour qui dietro e ho preso di tutto visto che tu non puoi uscire."

Annuì e lo ringraziò. "Dimmi quanto hai speso, dopo ti do la metà."

"Non ce n'è bisogno," gli assicurò il ragazzo. Piantò un gomito sul tavolo e si sorresse il mento con una mano mentre gli sorrideva. Aveva uno sbuffo di farina sul naso. "Mi hai già preso la cassa nuova e non dovevi. A proposito, quando arriva il corriere?"

Cercò di fare mente locale. I corrieri stavano facendo un lavorone in quel periodo. "Domani, credo. O oggi. O dopodomani. Chi lo sa."

"Mh, capisco. Senti, mi è saltato lo streaming di oggi pomeriggio perché c'è stato un problema con l'host e lo hanno rinviato alla settimana prossima." Raffaele si sporse verso di lui e lo fissò con occhi speranzosi. "Se non hai niente da fare, ti va di fare qualcosa insieme?"

Quell'*insieme* nella testa di Lucio si tradusse immediatamente in Raf piegato sul divano, il suo delizioso culo in aria, quei pantaloncini stracciati e il suo cazzo che lo trapanava all'infinito. "Uh…"

"Pensavo a un gioco di società," esclamò il giovane, battendo le mani tutto contento. "Ho un gioco di carte bellissimo, si chiama Gloom, sono delle carte trasparenti ed è ambientato in epoca vittoriana e…"

Lucio smise di ascoltare. Certo, gli intenti di Raffaele

erano del tutto innocenti e casti. La parte del suo cervello che era impostata sulla voce *arrapato* invece aveva in mente altri tipi di giochi e tutti avevano a che vedere con le fantasie che aveva riversato su xXUnicornXx in quei due anni.

Intanto Raf andava avanti a parlare, descrivendogli con entusiasmo il modo in cui lo scopo del gioco di carte fosse di base fare il punteggio più basso possibile per vincere. La sua bocca si muoveva ed emetteva parole, lo sapeva, ma la testa di Lucio era come dentro a una boccia per i pesci, con tanto di alghette, sabbia e mangime sospeso.

"Se invece non ti va possiamo giocare a qualcos'altro," disse il ragazzo, mal interpretando il suo scarso interesse. "Ho altre cose se non ti piace."

"Va bene il primo," borbottò Lucio, cercando di schiarirsi i pensieri.

Doveva tassativamente smetterla di pensare a Raffaele in modo inappropriato per la loro convivenza e seppellire ciò che sapeva su xXUnicornXx in fondo alla sua anima. E in coscienza sapeva che non sarebbe mai più riuscito a godersi il suo dolce e sexy unicorno con beatitudine, sapendo che era lì seduto davanti a lui con degli shorts troppo corti per essere legali e solo una maglietta lisa a dividerlo dagli splendidi pettorali e dal suo ventre piatto.

Si cacciò in bocca un altro muffin per evitare di essere costretto a parlare di nuovo.

Raffaele gli scoccò uno sguardo confuso, ma poi sorrise e riprese a cianciare, raccontandogli in grande dettaglio il regolamento del gioco. Lucio si rassegnò a non capirci un cazzo, avrebbe dovuto chiedergli uno schemino anche se non fosse stato sconvolto dalla sua privata rivelazione.

Raffaele però non si meritava di avere a che fare con la sua facciata più burbera e nervosa, non quando si era sbattuto – *gulp* – per chissà quanto tempo a quell'ora infame del mattino per preparargli tutto quel ben di Dio.

"Ma non sei proprio andato a dormire?" disse dopo un po', masticando un pezzetto di muffin con i pomodori secchi. Era divino, anche se l'esterno si era leggermente bruciacchiato.

Raffaele fece no no con la testa. "No, di solito mi metto a letto più o meno a quest'ora, quindi va bene. Però volevo fare qualcosa per te, l'emicrania è una rottura di palle infinita, mia mamma ne soffre ogni tanto."

Lucio si sentì qualche passo più vicino all'inferno per via della bugia che aveva detto. Ovviamente non soffriva di emicrania, soffriva soltanto di arrapamento perenne e molesto e riusciva a scordarselo soltanto per pochi minuti per volta.

"Ah, beh. Sì, è una rogna epica," rispose, cercando di essere il più gentile possibile. "Ma per fortuna oggi va meglio. Tu però ti dovresti riposare," disse. Sperava di non arrossire. Non aveva l'età per arrossire, santo cielo. "E poi se vuoi giocare lo possiamo fare quando ti svegli, magari preparo qualcosa per pranzo."

Raffaele gli scoccò uno sguardo così azzurro e dolce da sotto le ciglia che Lucio si sentì privare del respiro. Cosa gli stava succedendo? Una cosa era voler scopare disperatamente quel ragazzo bellissimo, ma quella... non era una normale reazione del suo corpo.

"Senti no... se ti va..."

Il cuore di Lucio si trasformò in un tamburo giapponese, uno di quegli strumenti enormi, suonati con violenza da energumeni mezzi nudi, e cercò di scappargli dal petto e infilarglisi in gola. Cristo.

"...lo so che ci vuole tempo, però ho preso tutte le cose per il risotto. Ti va di prepararlo? Io non lo faccio buono come quello di mia madre, ma tu ci sei molto, molto vicino. Ti ricordi, l'avevi fatto l'anno scorso."

Lucio si accigliò. Sì, ricordava di aver dato prova delle proprie prodezze in cucina. Era in realtà un cuoco mediocre e pigro, ma aveva un paio di cavalli di battaglia che gli riuscivano sempre molto bene. E il risotto alla milanese era una di queste cose, grazie tante.

"Beh, ma certo. Figurati," balbettò, preso alla sprovvista. "Ti sei ammazzato per fare tutti questi muffin, figurati se non faccio un risotto."

Raffaele si illuminò e senza pensarci gli si lanciò addosso e gli baciò la guancia, ritraendosi però tanto in fretta da impedirgli di avere qualsivoglia reazione, tranne restare inebetito a fissare il vuoto. Raffaele ridacchiò. "Scusa, io sono super espansivo e mi mancano i miei amici. Stiamo sempre lì ad abbracciarci e darci i bacini e dormire in una enorme pila come gattini," disse, ridendo, "e questi sono solo gli etero."

Lucio si schiarì la gola. "Mi dispiace, non sono molto utile in questo senso."

Raffaele si limitò a sventolare una mano. "Nah, non ti preoccupare. Ognuno è diverso, ognuno è valido eccetera eccetera."

Si tirò su e si diede una stiracchiata degna di un gatto, mostrandogli ogni centimetro di pancia piatta e leggermente muscolosa, poi sospirò soddisfatto e sbadigliò forte.

"Allora vado a dormire. Ci vediamo dopo, sì? Mi svegli per il risotto?"

Lucio borbottò un assenso e lo guardò andare via, mentre

metteva in dubbio tutte le proprie scelte di vita alla vista del
suo splendido culetto che si allontanava.

* * *

Il risotto in sé non era difficile da farsi. Certo, sua madre lo
avrebbe ammazzato se avesse saputo che non stava usando
brodo di bollito ma del dado granulare sciolto in un pentolino
di acqua messa nel bollitore. Ma per il resto stava seguendo la
ricetta correttamente, così versò il brodo e un po' di vino sul
riso tostato nel tegame con la cipolla e coprì il tutto con il
coperchio dopo avergli dato una bella mescolata.

Alzò gli occhi sull'orologio che tenevano in cucina e
sospirò. Doveva andare a svegliare Raffaele.

Durante la mattinata, complici le scartoffie da spedire
compilate al comando, la montagna di muffin e il silenzio di
tomba, era riuscito più o meno sia a concludere qualcosa che a
calmarsi un attimo. Un piccolo miracolo per il suo uccello e
per la sua mente.

I pensieri avevano iniziato a vagare per la strana cosa che
era diventata la sua realtà nel giro di pochissimo. Così come la
pandemia aveva rivoluzionato la vita di tutte le persone nel
mondo, il suo universo era stato ribaltato in mezza giornata e
dal suo coinquilino. Certo che l'esistenza era strana.

La porta dello studio di Raffaele era serrata, ma quella
della sua camera da letto era socchiusa. La tapparella era
abbassata a metà e la luce del mezzogiorno filtrava all'interno.
Quando Lucio entrò, sentì il fiato mozzarglisi in gola, ma si
prese comunque un minuto buono per esaminare l'ambiente
mentre l'altro era ancora addormentato sul letto.

Per via del suo lavoro, Lucio era un eccellente osservatore,

42

peccato non fosse riuscito a capire quello che gli era stato sotto al naso per tutto quel tempo. Tutti i dettagli della camera, dai vari quadri incorniciati alle librerie traboccanti di volumi e la roba sparsa in giro erano una chiara rivelazione su come Raffaele e xXUnicornXx fossero la stessa persona. Non aveva idea se i quadri alle pareti fossero stati realizzati dal suo coinquilino, ma magari, se si fosse interessato un po' di più alla vita dell'altro, avrebbe potuto riconoscerli molto tempo prima. Era certo che se fosse entrato nel suo studio in quel momento, avrebbe visto illustrazioni identiche in lavorazione.

Strinse le labbra e si avvicinò al letto, sentendo il respiro mozzarsi in gola. Raffaele era sdraiato sulla pancia, con quel culetto in bella vista e coperto a malapena da quegli shorts indecenti che tagliavano proprio a metà sulle natiche, mostrandone le rotondità. Si avvicinò al materasso e si concesse un lungo momento per guardare, osservare e riempirsi la mente, perché quello che stava facendo era sbagliatissimo e la sua coscienza lo stava prendendo a cazzotti. Però cazzo, Raf era splendido, dannazione!

Con una certa sicurezza poté affermare che quella bestia non indossava nemmeno le mutande sotto quella fattispecie di pantaloncini indecenti e si immaginò di appoggiare le mani su quelle cosce bianche e perfette, risalire per accarezzargli i glutei, afferrare l'elastico degli shorts e abbassarli per rivelare ciò che c'era sotto. Doveva avere un culo sodo ma soffice, da quello che vedeva, e bramava di poterlo maneggiare per poter scostare le natiche e rivelare la piccola apertura rosea che aveva visto solo in foto. Chissà come sarebbe stato svegliarlo leccandolo proprio lì, sentirlo gemere e risvegliarsi sotto i colpi della propria lingua e…

Scosse la testa di scatto per scacciare via ogni immagine mentale.

"Svegliati, è pronto il pranzo," disse, mettendogli una mano sulla spalla e usando un tono più aspro del dovuto.

Raffaele mugolò qualcosa e sbatté le palpebre, guardandolo da sotto le ciglia con quegli occhioni azzurri e assonnati. Tutto, dalla sua espressione alla bocca morbida appena aperta, fece fare le capriole al cuore di Lucio e non solo a quello. "Mmmh... è già mezzogiorno?"

"Sì. Ti aspetto di là o mi si attacca il risotto alla pentola." Tolse le mani dalla spalla dell'altro, seppur indugiando troppo con le dita. "Non ti riaddormentare, ok?"

"Ok, ok... sono sveglio, lo giuro."

Lucio fu fuori da quella stanza prima che l'altro potesse accorgersi di quanto ce l'aveva duro.

Cazzo, Lucio, cazzo, cazzo, cazzo. Lucio si nascose in cucina e cercò di frenare i battiti stravolti del proprio cuore e le aggressive velleità del proprio cazzo dando una sonora rimestata al risotto, lasciato a insaporirsi a fuoco spento e nella pentola ancora calda.

Lanciò le tovagliette sul tavolo, ci mise i piatti e i bicchieri e tornò a dare un'altra drammatica mescolata, sbattendo poi il cucchiaio di legno sul bordo del tegame per liberarlo dai chicchi di riso.

"Abbiamo un po' di vino?" disse la voce di Raffaele alle sue spalle, arruffata quanto doveva esserlo il ragazzo appena sveglio. Lucio cercò di riprendere un'espressione normale o almeno neutra prima di voltarsi e ringraziò quei cazzo di tulipani del grembiule. Erano ridicoli ma almeno nascondevano un po' la sua erezione ancora speranzosa.

"Sì, è qui, ci ho sfumato il riso, ma ne abbiamo ancora da bere," disse, brandendo la bottiglia.

Raffaele gliela tolse dalle mani e si preoccupò di versare vino per entrambi, mentre Lucio faceva le porzioni e si sedeva a tavola.

Lucio sapeva di cucinare bene quel piatto, nondimeno restò col fiato sospeso finché la prima forchettata non sparì oltre le labbra rosa di Raffaele, il quale per buona misura chiuse anche gli occhi per gustarsi meglio il sapore.

"Ti piace?"

Il ragazzo si leccò le labbra e sbatté le ciglia, poi si tese in avanti con fare da cospiratore.

"Lucio, non glielo dire a mia madre... ma credo che sia persino meglio del suo."

L'orgoglio di Lucio fece la ola neanche si trattasse di una finale di campionato, gonfiandosi a dismisura. Non era un complimento da poco.

Prima di accorgersene stava sorridendo al ragazzo. Un sorriso genuino, senza sarcasmo o malcelata ironia. Insomma, gli andava di sorridergli ed era contento che Raffaele apprezzasse la sua cucina. *Cosa* gli stava succedendo, di preciso, non lo sapeva. Sperava che non fosse niente di grave perché, nonostante tutto, ci teneva ancora alla pellaccia.

"Giuro, non le dirò mai niente," disse, più indulgente del solito. Aveva visto la madre di Raffaele una sola volta e per pochi minuti, non erano in confidenza e non c'era motivo che lo fossero, quindi era un giuramento vuoto.

Raffaele però gli sorrise malizioso e il suo cuore tentò di nuovo la fuga.

Dannazione.

✳ ✳ ✳

Gloom era un troiaio. Per tutta la sua pazienza con i dettagli e i collegamenti e le scartoffie, Lucio non era uno da giochi di carte. Se la poteva ancora ancora cavare a briscola, e solo perché aveva giocato con il vecchio fin da quando era così piccolo da aver bisogno di tre elenchi telefonici sotto il culo per arrivare alla superficie del tavolo.

Ora, non è che fosse difficile. Ma c'erano parecchie regole da tenere d'occhio e le carte erano in inglese. Lucio lo masticava, sì, ma non al punto di sentirsi a proprio agio a leggerle in velocità.

Questo ovviamente aveva autorizzato Raffaele a sedersi accanto a lui sul divano, tutto accoccolato contro la sua spalla a spiegargli le regole una per una, incluse le didascalie di ogni carta. Era passata mezz'ora, avevano anche bevuto il caffè e stavano ancora leggendo le carte. Tanto, non era che avessero posti in cui andare, no?

Siccome erano solo in due, invece che una sola famiglia ne avevano due a testa, e a un certo punto avevano dovuto spostare il gioco sul tavolo del soggiorno perché c'erano troppe carte per stare sul divano.

Poco prima di iniziare, però, Raffaele parve ricordarsi di una cosa, afferrò il cellulare e si scusò, sparendo nel bagno per qualche minuto. Lucio non ci fece caso mentre mescolava il mazzo delle carte azione, tutte di plastica trasparente.

Il cellulare gli vibrò sotto al culo.

Senza pensarci cavò il telefono dalla tasca e con orrore vide la notifica da OnlyFans: xXUnicornXx aveva appena postato.

La curiosità ebbe la meglio e aveva solo pochi istanti prima che Raffaele tornasse, così aprì l'app e gli mancò di nuovo il fiato. La foto doveva essere stata scattata subito dopo che Lucio lo aveva svegliato perché la luce era quella del mezzogiorno. Inoltre stava ancora subendo con dolore la vista di quegli stessi shorts dalla mattina, per cui non c'erano più dubbi sulla vera identità di xXUnicornXx, se mai ce ne fossero stati.

"Sono tornato," annunciò allegro Raffaele e lui riuscì a chiudere l'app e rimettersi il telefono in tasca un istante prima che il ragazzo ripiombasse sul divano. Cristo, era appena andato al cesso solo per aggiornare il suo porno?

Per qualche misteriosa ragione avvertì il malumore tornare a galla. Non sapeva cosa gli stesse dando fastidio o perché, quindi si limitò a serrare le labbra e distribuire le carte come da istruzioni.

Ben presto però il gioco lo travolse e le risate di Raffaele mentre gli spiegava i vari jokes sulle carte gli risollevarono l'umore. Riuscì anche a ignorare il fatto che il ragazzo lo stava facendo deliberatamente vincere, cosa che non gli piacque, ma apprezzò che l'altro volesse farlo divertire.

"Vado a prendere qualcosa da bere," annunciò Raf, alzandosi in piedi. Si stiracchiò di nuovo e Lucio fu dolorosamente consapevole del modo in cui i calzoncini seguivano i suoi fianchi e di come la maglietta attillata mostrava il suo corpo. "Ti prendo qualcosa?"

Lucio si rimangiò la solenne porcata che gli ballava sulla lingua e annuì. "C'è ancora della Coca nel frigo, credo."

Quando il ragazzo zampettò via, sempre con quel culo maledetto che avrebbe tempestato i suoi incubi ben in mostra, Lucio si accasciò contro lo schienale della sedia e iniziò a raccogliere le carte e suddividerle con fare sconfitto.

Come cazzo ci arrivava a fine quarantena senza saltargli addosso? In senso metaforico si intendeva, perché se l'altro non avesse voluto non lo avrebbe toccato nemmeno con un dito e al diavolo quello che voleva il suo uccello. Però, anche se fosse riuscito a portarselo a letto... cosa sarebbe successo dopo?

A parte che Raffaele sembrava del tutto ignaro dell'effetto che gli faceva. Era evidente che fosse solo a suo agio a vestirsi come gli pareva nella sua stessa casa e Lucio non aveva assolutamente voce in capitolo. Però due paroline avrebbe dovuto dirgliele, non poteva vivere così, con il cazzo perennemente in tiro e la voglia di prendere a testate i muri. Era ingiusto.

D'altro canto non sapeva per quanto tempo sarebbe riuscito a trattenersi prima provare a sedurre Raffaele. L'unica cosa che lo fermava era sapere che non sarebbe riuscito a tacere sulla faccenda di xXUnicornXx. La sua coscienza glielo impediva e già si era sentito in colpa ad aprire quella singola foto.

Da una parte poteva anche fregarsene. Alla fine pagava per quel porno, chi se ne fregava se era del suo coinquilino? Magari con quei cinquanta euro ci pagava pure l'affitto. Dall'altra parte però aveva rispetto per lui e forse anche il fatto di essere un rappresentante della legge lo rendeva più prono a fare la cosa giusta.

La verità era che non capiva.

Raffaele aveva già un lavoro, era evidente dalle lunghe ore che passava dentro al suo studio. Anche se non sapeva ancora bene di cosa si occupasse, visto che non glielo aveva mai davvero chiesto, liquidandolo come un pittore da strapazzo.

Perché aveva bisogno di fare porno su OnlyFans?

Una domanda a cui non avrebbe mai avuto risposta senza farsi scoprire, a quanto pareva.

Raffaele tornò con le bibite e si lanciò di nuovo a sedere accanto a lui. Aprì una lattina di Coca Cola e bevve con abbandono, passandosi poi il dorso della mano sulla bocca per asciugarsela. Lucio cercò invano di inghiottire svariati rospi. Quel ragazzo lo attraeva – per essere gentili e poco espliciti – e allo stesso tempo lo confondeva al punto da farlo irritare.

D'altra parte, Lucio era sempre stato uno che aveva bisogno di incasellare perfettamente le cose in categorie ben definite per capirle e farle proprie.

Prese la propria lattina e si affaccendò a bere prima di dire o fare qualcosa di stupido, ridicolo o pericoloso. Si sentiva schiavo del cattivo umore così come era bloccato in una morsa di eccitazione latente che non voleva andare via. Se avesse potuto, sarebbe uscito di casa e avrebbe camminato per chilometri per smaltire i propri pensieri. Ma non poteva.

Andarono avanti a giocare per un bel pezzo. Lucio decise di prestare più attenzione possibile alla partita, pur di non pensare a Raffaele e alle sue attività notturne.

Il risultato fu che la tattica di gioco del ragazzo divenne sempre meno acquiescente e sempre più aggressiva, ma alla fine inaspettatamente Lucio trionfò nonostante fosse la prima volta che giocava.

"Hai vinto!" disse Raffaele, battendo le mani. Era sorpreso e anche un po' ammirato.

Lucio raccolse le carte e cercò di non essere troppo tronfio. "Ah, la fortuna del principiante."

"No no," ribatté il ragazzo. "All'inizio eri scarsino, te lo dico. Ma è normale, il gioco ci mette un po' per ingranare. Dopo però hai fatto delle scelte davvero interessanti, me le segno per la prossima volta. Vuoi fare un'altra partita? O cosa?"

Lucio finì di ricomporre il mazzo e si tirò su, con svariate proteste da parte di schiena e ginocchia.

"Dio Santo, mi sto trasformando in una mummia," si lamentò massaggiandosi la schiena.

Raffaele finì di mettere via i pezzi del gioco e alzò lo sguardo, curioso e interessato.

"Hai mal di schiena? Ti posso fare un massaggio sai, sto sempre seduto e mi sono fatto insegnare un paio di cose utili."

Lucio avrebbe dovuto rifiutare. Lucio avrebbe dovuto dire di no, prendersi un Oki e andare a dormire o meglio cercare un'altra casa.

Avrebbe fatto meglio a cancellare tutti gli account Only-Fans e a trovare un modo di tornare in caserma. Oppure avrebbe dovuto cercarsi un twink da sovvenzionare in Nuova Zelanda, così sarebbe stato sicuro di non pagare il porno del suo coinquilino per il quale continuava ad avere reazioni inconsulte.

Invece aprì la bocca e belò un "Beh, se non ti secca" che vibrava di frustrazione e voglia inespressa, condite con un certo disgusto di sé.

Raffaele si illuminò tutto e batté le mani, sempre contento. "Allora ti chiedo gentilmente di toglierti la maglia e di stenderti a pancia in giù da qualche parte. Anche il tappeto va bene se il letto è troppo morbido."

Prima di rendersene conto, Lucio si ritrovò a torso nudo e disteso sul tappeto a faccia in giù, col terrore che la polvere gli facesse venire l'allergia e il cazzo già mezzo in tiro.

In realtà il tappeto era stranamente pulito – di fatto non sapeva cosa facesse Raffaele a casa quando lui non c'era, beh, a parte scattarsi foto porno – ma evidentemente faceva più pulizie di lui.

Raffaele sparì per qualche minuto, cianciando di dover cercare una crema o un gel adatti per il massaggio, poi tornò e senza colpo ferire si accovacciò sul culo di Lucio, sedendosi in modo da scaricare il peso sulle ginocchia puntate ai lati del suo corpo.

"Dimmelo se peso troppo, eh," disse Raffaele. Lucio emise un verso che voleva significare 'no, non ti preoccupare', poi chiuse gli occhi e sperò di morire sul colpo.

Le dita di Raf sciolsero in fretta i muscoli delle sue spalle, aiutate anche dall'olio secco che stava usando. Aveva un profumo delizioso e tra quello e il peso del ragazzo sul suo culo, sarebbe finito a trapanare il pavimento con l'uccello.

"Sei un sacco teso," sentenziò il ragazzo, spremendogli i muscoli intorno alle scapole. "Ti va se facciamo esercizio insieme?"

"C-certo," rispose con voce strozzata, mentre immaginava che tipo di esercizio fisico avrebbe voluto fare con il suo coinquilino. Quello dove erano solo loro nudi, su un letto e con litri di lubrificante.

Dopo una decina di minuti riuscì a trovare la maniera di rilassarsi e un gemito gli venne strappato dalle labbra quando il giovane aggredì i muscoli del suo collo con dita capaci.

Sopra di lui Raf sorrise. "Mh, certo che la tua schiena è muscolosa. Cosa vi danno da mangiare in caserma?"

"Spero bromuro." Lucio strizzò gli occhi e le mani quando sentì il peso di Raf spostarsi in avanti e quest'ultimo protendersi un po' più su di lui. Riusciva a sentire il calore del cazzo dell'altro sulla base della schiena e quello fu troppo per il suo fragile equilibrio mentale. "Basta così."

Con un colpo di reni fece ribaltare Raf sul tappeto e si tirò su, maledicendosi in ogni lingua quando il ragazzo finì a gambe aperte sul tappeto con quegli stupidi shorts incapaci di nascondere bene quello che c'era sotto.

"Ahi. Ti ho fatto male?" domandò l'impunito, con gli occhioni spalancati e l'espressione sinceramente preoccupata per lui.

Lucio voleva morire, sul serio. Il dolce abbraccio della morte era mille volte meglio di quella commedia degli equivoci che era diventata la sua vita.

"Uh. Forse dovresti... coprirti," balbettò, indicando in modo generico tra le gambe dell'altro, quando era a tanto così dallo strappargli di dosso quei calzoncini, piegarlo sul tappeto e addio mondo.

Raffaele abbassò lo sguardo tra le sue cosce aperte e constatò che i suoi pantaloncini erano andati da tutte le parti tranne quelle su cui avrebbero dovuto stare. "Ah scusami."

Qualcosa di doloroso urlò dentro Lucio quando lo vide sistemarsi e rimettersi in piedi, ma era anche molto arrapato e molto stupido. "Davvero, non fa tutto questo caldo, dovresti stare più coperto."

"Beh, mi piace stare così," rispose l'altro con un sorriso gentile.

"Ti prego, non stare così. Abbi un minimo di decenza."

Rimasero a fissarsi per alcuni istanti, finché la bocca di Raf non si storse in una smorfia. "Ho capito. La decenza, il pudore... pensavo avessimo superato questo stadio."

"Sì, ma di solito sei in casa da solo," insistette come un cretino. "Ora non sei da solo."

Era un idiota. Era un cretino abissale e se ne rendeva sempre più conto a ogni parola che gli lasciava la bocca.

Raffaele aveva provato a essere carino con lui e lui lo stava ringraziando castigandolo per come era troppo svestito. Ma il suo cazzo lo avrebbe ringraziato, così come la propria sanità mentale, ne era certo.

Raffaele si accigliò e fece per rispondere qualcosa, ma si limitò a recuperare il flacone dell'olio secco e sparire in bagno, da cui uscì poco più tardi con un paio di pantaloni della tuta blu modello anziano da ricovero. Si mise a recuperare le carte dal tavolo in silenzio e Lucio pensò davvero di tirarsi un cazzotto da solo.

CAPITOLO CINQUE

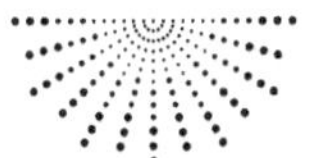

uori, su un po' tutti i balconi, c'erano appese bandiere con disegnati raffazzonati arcobaleni e scritte come *andrà tutto bene* e Lucio fece una smorfia quando li vide. Alcuni avevano appeso bandiere italiane e anche lì la moda del cantare dalle finestre era arrivata piano piano.

Nonostante tutto a Lucio non dispiacevano quelle bandiere, erano un segnale di speranza e Dio solo sapeva di quanta ne avessero bisogno.

Lui invece aveva bisogno di smettere di guardare gli stupidi pantaloni della tuta che Raf indossava da ormai due giorni.

Niente più deliziose culotte, niente più cosce lunghissime e bianche e, peggio del peggio, niente più aggiornamenti su OnlyFans.

Era una testa di cazzo. La cosa più triste in assoluto era che lo sapeva benissimo ma non sapeva come esserlo *meno*. Ogni volta faceva e diceva tutte le cose sbagliate e se aveva pensato di poter salvare la propria convivenza con Raffaele comportandosi come aveva fatto, beh, aveva sbagliato del tutto.

Alla fin fine cosa faceva di male quel ragazzo? Niente. Lavorava, studiava ed era gentile e anche molto generoso. Aveva cucinato tutti quei muffin, si era offerto di insegnargli un gioco e di fargli un massaggio. E lui cosa faceva in cambio? Lo giudicava per il suo lavoro, per le sue foto, per il suo abbigliamento e per il suo modo di essere. Però voleva scoparlo.

Insomma Lucio, sei proprio uno stronzo e pure ipocrita.

E non c'era scampo, perché avevano ancora un'intera settimana di quarantena cautelativa davanti e lui stava già sfidando la legge uscendo sul balcone.

Forse avrebbero dovuto avere una discussione aperta e tranquilla. Ma Lucio non pensava di essere in grado di affrontarla. Non vieni su in ambienti in cui meno parli di quanto ti piace il cazzo e meglio è senza restare guardingo e riservato. E in questo Raffaele era il suo opposto – spigliato, espansivo, disinibito.

Con un sospiro, Lucio tornò in casa mentre fuori attaccavano l'ennesima ripetizione stonata dell'Inno di Mameli.

Si trovò davanti Raffaele, con le mani nella tasca della brutta tuta e una maglietta di un gruppo metal di una taglia così grande che la scollatura gli scopriva una spalla. Sotto lo sguardo di Lucio, il ragazzo si tirò su la maglia per coprirsi, poi lo fissò con occhi azzurri induriti da qualcosa che Lucio non seppe analizzare. Rabbia? Dolore?

Aprì la bocca per dire qualcosa, ma Raffaele fu più veloce.

"Parliamo," disse senza esitazioni. Lucio si sentì subito ghiacciare le viscere. Soltanto 'dobbiamo parlare' poteva avere un effetto più distruttivo. O anche 'devo dirti una cosa'.

"...di cosa?" chiese, confermando a se stesso e al mondo il proprio stato di cretino matricolato.

Raffaele alzò un sopracciglio, ma non si ritrasse di un

millimetro. Altro che unicorno, quel ragazzo dimostrava ogni giorno di più un carattere di ferro come Lucio poteva solo sognare di avere.

"Delle previsioni del tempo. Lucio, di cosa vuoi che parliamo? Di me, di te, del mio OnlyFans e altre cose."

Oh cazzo.

Lucio non trovò nulla per rispondergli, quindi fu costretto a seguirlo, mogio e sconfitto.

* * *

"Anzitutto, pensavi veramente che io non sapessi che ti eri iscritto al mio account?"

Lucio si era seduto in poltrona, con un cuscino stretto tra le braccia a mo' di corazza aggiuntiva. Raffaele era seduto sulla punta del divano, come se volesse essere in grado di mettersi in piedi velocemente, qualora necessario.

"Ma come hai fatto a… ho usato una mail anonima."

"Per iscriverti sì, ma i tuoi pagamenti arrivano da Paypal, con la mail associata. C'è il tuo nome lì."

"Sono un cretino."

"Lo sei, ma non per quello," disse il ragazzo. "Mi stai dicendo veramente che non hai capito che ci provo con te?"

Lucio deglutì a fatica. "N-no?"

Era tutto molto surreale. Non solo lui sapeva che Raffaele era xXUnicornXx, ma l'altro sapeva che lo foraggiava ogni mese a suon di cinquantoni e che si segava a cadenza regolare con le sue foto indecenti. Gli stava venendo l'emicrania.

Raffaele sbuffò e incrociò le braccia, stando ben attento a non scoprire nemmeno un centimetro di pelle. "Ma secondo te perché giro mezzo nudo per casa a marzo? Perché mi piace il freddo? Cristo, mi sono gelato le chiappe per flirtare con te e tu sei davvero cieco, cazzo."

"Io non... *cosa?*"

"Credi che quegli shorts fossero adatti a questo mese? Fanno diciotto gradi qui dentro, Lucio. *Diciotto.* E tutto inutile perché aspetta, come hai detto? Ah sì, *devo stare vestito.*"

Lucio sbatté le palpebre una, due volte e sentì la gola grattare, più secca del deserto del Sahara. "Ecco, quello è stato forse un po' ipocrita da parte mia..."

L'espressione scioccata e allo stesso tempo addolorata che gli rivolse il suo coinquilino gli rimestò lo stomaco in una sensazione davvero molto spiacevole. "Ipocrita? Solo ipocrita? No, perché sei anche un bel po' stronzo, Lucio. Lo so come mi guardi, mica mi mancano diottrie. Spendi più di chiunque altro per guardarmi mentre mi ficco le dita nel culo, però in casa mia devo stare vestito come un monaco ed essere decente per la tua coscienza? Fammi capire come funziona."

Ok, messa così era davvero tanto brutta la faccenda, dovette ammettere a se stesso mentre cercava in modo frenetico qualcosa con cui rispondere che non peggiorasse la situazione, o che non ammettesse quanto la sua parte animale invece l'avrebbe già scopato da tempo sul bancone della cucina.

L'altro però non gli lasciò margine di risposta e gli puntò il dito contro, incazzato nero. Non lo aveva mai visto così offeso e irritato. "Ci sta che tu mi dica che non ti vado a genio, sei sempre stato molto chiaro in proposito sul fatto che mi detesti."

"Io non ti det..." provò a dire, ma Raffaele gli fece cenno di stare in silenzio, mutismo e rassegnazione.

"No, adesso mi fai finire," ringhiò. "Dicevo, ci sta se ti sto sul cazzo. Lo vedo da quando abbiamo iniziato a vivere insieme. Lo so cosa pensi di me e del mio lavoro, che non è una roba seria. Ci sono abituato. Però almeno avere la coerenza di ammettere che un pochino ti piaccio, perché altrimenti non mi spiego l'OnlyFans. O forse vuoi ricattarmi? Ho sempre avuto fiducia nelle forze dell'ordine, ma..."

"No!" sbraitò Lucio, sconvolto alla sola idea che Raffaele potesse pensare di lui in tal senso. "Non oserei mai fare una cosa del genere. Sono un capitano dei Carabinieri, santo cielo! No e no!"

Raffaele parve impressionato dalla sua verve, così alzò le mani. "Ok, scusa, ma sono arrivato a pensare anche questo. Mi fa piacere che non sia il caso. Non è che mi vergogni, ma non voglio che i miei lo sappiano, tutto qui."

"Ti pare che vada a dire ai tuoi che fai porno? Ho visto tua madre una sola volta e mi ha fatto paura."

"Non puoi biasimarmi per averlo pensato però," rispose. "Dopo l'altro giorno non so più davvero cosa pensare di te. Sono due anni che mi sganci soldi, mi lasci persino le mance, cazzo."

Lucio si schiaffò le mani sulla faccia e gemette, incazzato con se stesso. Era un idiota, non c'era modo di girarci intorno. E forse smetterla di nascondersi dietro a un dito era anche l'unico modo di uscirne.

Prese fiato e si armò di tutto il coraggio che possedeva. "Io non ti odio. Sei rumoroso e fastidioso, non capisco niente di quello che fai e metà delle cose che dici. Ma... sei terribilmente bello e ho scoperto solo qualche giorno fa che xXUnicornXx sei tu. E solo perché sono venuto a svegliarti in camera e ho riconosciuto l'ambiente. Non... non credo che lo avrei mai scoperto altrimenti, o forse mi sarei convinto diversamente."

"E questo invece?" domandò l'altro, indicandosi i pantaloni della tuta. "A cosa devo il trattamento burqa?"

Solo a sentirglielo dire si sentì un cretino. "Perché... mi vergogno anche solo a pensarlo, ma ancora un po' e ti sarei saltato addosso."

L'umiliazione si sparse dentro il suo petto come un cancro diffuso, tappandogli la gola e arrossandogli la faccia. Pensarlo era una cosa, dirlo ad alta voce un'altra.

Uno come lui, un servitore della legge, uno che se poteva vantarsi del proprio lavoro lo faceva a ruota libera... ammettere di essere preda dei suoi bassi istinti lo faceva vergognare profondamente.

"Inoltre c'è anche il fatto che... beh, non sapevo se le mie avances sarebbero state bene accolte. E se lo fossero state, come andrebbe a finire la nostra vita qui dentro," ammise, stringendo le labbra. "Con questa pandemia in corso non mi sembrava un buon momento per cercare casa."

Raffaele inarcò un sopracciglio. "Ti ringrazio per la premura, ma ci stavo provando con te, sai?"

"Non me ne sono accorto."

"Come fai a non essertene accorto?" esclamò l'altro, sconvolto. "Tra un po' te lo appoggiavo in faccia o te lo tiravo fuori per succhiartelo!"

Lucio si passò le mani sul viso. "Hai sentito anche il resto di quello che ho detto o no?"

"Sì sì, ho sentito. E se io ti piaccio e tu mi piaci, non capisco dove diavolo sia il problema."

Lucio non aveva più niente da ribattere, ma Raffaele non aveva terminato le frecce al proprio arco. Si mise a sedere sul bracciolo della poltrona in cui Lucio si era asserragliato e incrociò le braccia al petto.

"Rispondimi."

Oh pace santa, cosa doveva rispondergli? Che non sapeva cosa stesse dicendo? Che era un lurido pervertito che comprava foto porno di ragazzi molto più giovani di lui? Ah no, quello lo sapeva già.

"Il problema... il problema è che..."

Non riuscì mai a dire quale fosse il problema, e non solo perché esisteva esclusivamente nella sua testa. Raffaele si chinò su di lui prima che potesse dire l'ennesima cazzata e gli morse una guancia, un po' per gioco un po' per dispetto. Lucio si voltò, ancora in cerca del problema da mettere come baluardo tra se stesso e un po' di sana felicità, e Raffaele ne approfittò per infilargli la lingua in bocca.

Prima che Lucio potesse ribellarsi il ragazzo si aggrappò alle sue spalle e, con un movimento agile che a Lucio avrebbe causato un paio di slittamenti di altrettanti dischi intervertebrali, gli si sistemò comodamente in grembo.

Lucio avrebbe voluto dire qualcosa, ma si ritrovò a stringere le mani sul culo perfetto di Raffaele, consapevole del suo peso caldo e del suo sguardo azzurro scurito dal desiderio. Quando il ragazzo si chinò in avanti per baciarlo ancora si rese conto che non era per niente a riposo. *Cristo.*

Alla fine del bacio Raffaele si raddrizzò e gli scoccò un sorrisino sarcastico. "Ah, dovevo limonarti per farti stare zitto? Non hai più niente da dire?"

"...io..."

Raffaele scosse la testa e si sfilò la maglia, lanciandola per terra. "Immagino che adesso ti vada bene che io sia mezzo nudo. Mh? Che ne dici? Non basta?"

Con un saltello Raffaele si rimise in piedi lo stretto necessario per liberarsi della tuta, che cadde sul pavimento a far compagnia al mucchietto della maglia. Come al solito, sotto non aveva niente. Con la stessa fluida grazia il ragazzo tornò a sedersi in grembo a Lucio, nudo come mamma l'aveva fatto, e lo fissò con quegli occhioni da cerbiatto che avrebbero sciolto un ghiacciaio, altro che surriscaldamento globale.

"Allora? Meglio dal vivo o attraverso la cam?"

Lucio aprì la bocca per parlare, ma ne uscì soltanto un lieve rantolo, subito baciato via da Raffaele con entusiasta devozione.

Successe così velocemente che Lucio non seppe mai quando avesse deciso di farlo. Con uno sfoggio di forza virile che avrebbe pagato il giorno dopo, si sollevò dal divano con Raffaele ben stretto addosso e ribaltò entrambi sul tappeto, inchiodando le braccia del ragazzo al di sopra della sua testa con una mano.

Per tutta risposta, Raffaele si inarcò contro di lui, saggiò la sua presa e poi gli sorrise, serafico.

Non era cosa, quel sorrisetto doveva sparire. Lucio si chinò a mordergli la bocca, gli succhiò finalmente quelle labbra rosa e piene che da mesi sognava di assaggiare, e si lasciò trasportare nel bacio che si era negato per mesi, perso dietro fantasie evanescenti.

Quando le loro lingue si intrecciarono, tutti i pensieri stupidi sparirono e Lucio si sentì davvero un cretino per essersi negato tutto quello che a quanto pareva era disponibile con uno schiocco di dita.

"Voglio scoparti," ansimò quando si staccarono, il fiato corto. "Ce l'ho duro da quando ti conosco, santo cielo."

Raffaele sogghignò divertito. "Una bella iperbole, ma

gradisco il pensiero. Se mi porti in camera mia avremo anche del lubrificante."

Senza pensarci due volte, si tirarono su dal tappeto e raggiunsero in fretta e furia la camera da letto di Raf senza mai staccarsi le mani di dosso. Lucio non riusciva a smettere di baciarlo o di toccare quel culo meraviglioso e rotondo come una pesca.

Una volta in stanza, spinse Raf sul materasso senza preamboli e si chinò tra le sue cosce aperte, le morse lasciando i segni rossi dei denti e scendendo fino all'erezione che riposava contro il suo ventre.

"Pensavo che te lo avrei succhiato io," mormorò il ragazzo quando glielo prese in bocca. "Cristo."

Lucio non stava più pensando. L'unica cosa che voleva era *sentire* e lo avrebbe fatto. Dopo aver dato abbastanza attenzioni al suo uccello, si tirò su per passare i palmi delle mani sul torace di Raf. Dove il culo del ragazzo era il perfetto esempio di un twink, la parte superiore era molto più maschile e definita, pura perfezione estetica. Gli passò i pollici sui capezzoli e lo vide inarcarsi, così lo fece di nuovo, beandosi della vista dei capelli castani scompigliati e degli occhi azzurri socchiusi. Era magro e sottile, ma con un filo di muscolatura deliziosa, dove invece Lucio era grande, grosso e con più il fisico di un pugile che quello slanciato dell'altro. Se la pelle di Raffaele era bianca come il latte, dovuto anche al fatto che non usciva quasi mai di casa, Lucio era scuro, con capelli neri e occhi blu notte. Vedere le proprie mani su quel torace bianchissimo glielo fece venire ancora più duro.

"Voltati," gli disse, afferrandolo per i fianchi e aiutandolo a mettersi a pancia in giù. "Tirati un po' sulle ginocchia e apri le gambe."

Raffaele obbedì e alzò il suo delizioso culetto, aiutato da Lucio che gli infilò un cuscino sotto i fianchi. In quella posizione, si sdraiò sul letto e, con le mani sulle natiche dell'altro, si decise a perdere tutto il suo tempo a venerarlo.

Adorava quel culo stretto e rotondo, pagava soldi ogni mese per vederlo in foto e pure in casa, aveva sprecato ore e ore delle sue notti a fantasticare su cosa avrebbe fatto a xXUnicornXx e dannazione se non ci si fosse messo in quel momento.

Ogni singola fantasia che aveva avuto anche quando era andato a svegliare il ragazzo qualche giorno prima, raggiunse il compimento in quell'istante. Strinse i glutei tra le mani e ne saggiò la consistenza soffice, scoprendo la sua apertura rosea e delicata.

"Ho avuto un'idea," disse Raffaele, sollevando la testa. "Sempre se ti va."

"Che cosa?" Lucio non sapeva cosa fosse, ma sperò che riguardasse lui, il suo cazzo e un sacco di lubrificante.

Ma Raffaele si limitò ad allungare la mano verso il telefono, sbloccarlo e passarglielo. "Documenta."

"Come scusa?"

"Fammi delle foto mentre lo fai."

La realizzazione colpì Lucio in testa come una mattonata. "Vuoi metterle su OnlyFans?"

Raffaele gli rivolse un ghigno malizioso. "Già."

Con il telefono tra le dita, l'indecisione e la gelosia si impadronirono di Lucio, ma subito le mise a tacere. Poteva rifiutarsi, certo. Ma la gelosia era del tutto immotivata. Non aveva idea di cosa sarebbero diventati in futuro, ma non avrebbe avuto alcuna voce in capitolo sulle attività dell'altro.

Quindi aprì la fotocamera, fece una bella ripresa del suo buco esposto e iniziò a fotografare.

Tutte le sue fantasie più sfrenate e qualcuna che neanche sapeva di aver mai avuto gli stavano riaffiorando alla mente, aiutate dallo sguardo languido e malizioso di Raffaele che lo fissava da sopra la spalla.

Scattò decine di foto del suo culo bianco e liscio, comprese alcune in cui compariva la sua mano libera, grossa e scura in confronto al corpo più piccolo di Raffaele. Non era una differenza enorme, ma era sufficiente a dare un contrasto gradevole.

Passò il polpastrello del pollice sulla sua apertura rosa e ancora stretta, premendo appena. Sotto di lui Raffaele ansimò e si rilassò automaticamente, spingendosi contro il suo dito.

"Apri," bofonchiò Lucio, con una voce rauca che non riconosceva neanche come propria. Raffaele sbatté le ciglia, poi allungò le mani dietro di sé per afferrarsi le natiche e aprirle un po', neanche avesse sentito quell'ordine decine di volte.

"Magnifico, perfetto," ringhiò Lucio. Prese il lubrificante e riuscì in qualche modo ad aprirlo con una sola mano, versandone una dose generosa sulla pelle sensibile dell'altro.

"Posso toccarmi mentre mi fotografi, così hai le mani libere," suggerì Raffaele. Era nel suo elemento, era chiaro, e anche se Lucio aveva abbracciato il lato cavernicolo del proprio essere, tutto il potere era in mano a quell'unicorno dall'aria delicata.

Lucio passò una mano su una sua natica, stringendo la carne e saggiandone la consistenza, poi senza pensarci ci assestò uno schiaffo molto più rumoroso che violento.

"Sì, toccati, preparati. Fammi vedere come fai, così poi sarai pronto per me," disse Lucio. La sola *idea* di infilarsi dentro di lui gli dava il capogiro e sapere che tutte quelle foto sarebbero finite su internet, *Dio*, gli veniva ancora più duro al solo pensiero.

Scattò quante più foto possibile di Raffaele che si infilava dentro due dita, tutto inarcato e con la faccia rossa almeno quanto il segno dello schiaffo che Lucio gli aveva assestato sul culo.

"N-non… non basta," ansimò il ragazzo dopo un po'. Aveva rinunciato a tenersi su con un solo braccio e ormai era sprofondato con la faccia in un cuscino, il culo all'aria e l'altra mano tra le gambe. Era uno spettacolo indecente e bellissimo.

Lucio non si fece pregare e aggiunse subito le proprie dita, sollevando gemiti e lunghi sospiri. Le foto erano a dir poco *luride* e per una volta lui non era un semplice spettatore pagante, no, era un protagonista, finalmente.

"Basta, muoviti, sono pronto," disse Raffaele di lì a poco, tutto premuto sulle dita di Lucio e a tanto così dal venire come un treno. "Dammelo, che aspetti?"

"Prepotente," smozzicò Lucio, senza farsi pregare. Ritirò le dita, si diede una veloce aspersione di lubrificante e di lì a pochi secondi aveva afferrato con forza i fianchi sottili di Raffaele e si premeva dentro con un lungo verso di piacere.

Cazzo, era fantastico.

Era tutto quello che aveva sognato e anche di più. Raffaele era stretto, bollente e bellissimo.

E Lucio era solo un uomo.

Diede un paio di colpi sperimentali, si soffermò giusto per fotografare – e fare un piccolo video – del suo uccello che entrava e usciva da quel buco stretto, e poi lanciò via il telefono per dedicarsi al resto.

Nella testa non aveva niente, il suo cervello era una tabula rasa, una distesa bianca di infinito piacere dove c'erano solo lui e Raffaele, che gli andava incontro a ogni spinta supplicandolo di scoparlo più forte. Lo accontentò, perché ogni suo desiderio era un ordine e voleva vederlo venire tanto quanto Lucio voleva farlo dentro di lui.

Un altro schiaffo sul culo schioccò rumoroso nella camera da letto, così gliene diede un altro e un altro ancora finché Raffaele non piagnucolò e le sue natiche non furono rosse come il fuoco e con il distinto segno del palmo delle sue mani. Doveva fotografarlo.

Rallentò abbastanza da recuperare il cellulare tra le lamentele dell'altro, ma lo ignorò mentre riprendeva la pelle arrossata dalle sculacciate e l'arco perfetto con cui la sua schiena era inarcata. "Sta' bravo, sto lavorando per te."

"Se stessi lavorando per me allora mi scoperesti ancora," gemette Raffaele. Era delizioso, con il torace che strusciava sul materasso e il suo sesso che dondolava sotto di lui a un passo dall'orgasmo.

Lucio ridacchiò e gli strizzò le natiche. "C'è ancora stasera. Domani. Ho davanti una settimana intera di quarantena. Ti scoperò ogni giorno, fidati."

"Ti prego sì, fallo." Raffaele chiuse gli occhi e sussurrò quelle parole come se fossero state il suo desiderio più recondito. Magari lo erano davvero, e Lucio era un uomo di parola.

Si rimise in movimento, finché le spinte non si fecero erratiche e Raf prese a masturbarsi in fretta, fino a venire con un grido sulle lenzuola. I suoi muscoli si contrassero in modo assolutamente delizioso intorno all'uccello di Lucio, che alla fine dovette cedere, venendo dentro il corpo dell'altro senza nemmeno un preservativo a dividerli.

Prima di sfilarsi però prese di nuovo il telefono e fece un

piccolo video mentre sfilava il cazzo da quel culetto meraviglioso, registrando ogni istante del suo seme che colava fuori dall'apertura bagnata di Raf. Sapere di aver generato lui quel capolavoro rischiava di rimetterlo in pista ben prima del dovuto, ma si limitò a scattare altre foto, mentre il ragazzo si teneva aperto con entrambe le mani e gocciolava impunito sul materasso.

"Dio mio, è la cosa più porca che abbia mai fatto," ammise Lucio con un gemito, strizzando di nuovo le natiche dell'altro. "Non riesco ancora a crederci."

Raffaele ridacchiò, trovando appena le energie per raggiungere un pacchetto di salviettine umidificate e passargliele per aiutarlo a pulirsi. "Spero che con questo i nostri problemi siano risolti. Dici che va bene se come titolo metto *Finalmente il mio coinquilino mi ha scopato* o posso inventarmi qualche porcata con daddy e twink?"

"Puoi fare quello che ti pare," rispose Lucio, finendo di togliere i residui di sperma e lubrificante dal corpo di entrambi. "Doccia?"

Raffaele si stiracchiò voluttuoso e si passò una mano su una natica arrossata. "Se mi ci porti tu, sì. E fai delle foto."

Lucio abbrancò il cellulare con una mano e afferrò Raffaele, cingendogli la vita con un braccio e ribaltandoselo sulla spalla con uno scatto che gli sarebbe costato parecchi cerotti riscaldanti per il mal di schiena.

Raffaele prese a ridere e ad agitare mani e piedi. "Sei un lurido cavernicolo."

Lucio sbuffò sotto il peso del ragazzo. Gli piaceva fare sfoggio di forza, ma non sarebbe durato a lungo. Appena arrivati in bagno lo schiaffò in piedi sul tappetino e aprì l'acqua nella doccia, poi sistemò la fotocamera in bilico sulla mensola del mobiletto perché scattasse in automatico un certo numero di pose.

"Ti ci vuole un cavalletto," disse Raffaele, "uno regolabile."

"Col cazzo che ti lascio tornare di là," bofonchiò Lucio. Controllò che l'acqua fosse giusta, poi sospinse il ragazzo nella doccia e chiuse lo sportello. Lo premette contro le piastrelle bagnate e prese a baciarlo, passandogli le mani sul corpo. Raffaele ricambiò con tutto se stesso, stringendogli le spalle e accarezzandogli la schiena.

Raffaele gli mordicchiò il labbro e poi si staccò per riprendere fiato, osservandolo da sotto le ciglia.

"Ora la smetti di fare il cretino? Hai tolto la testa dal culo?"

Lucio tastò delicatamente le proprie emozioni in proposito. "Credo di averla messa nel tuo."

Raffaele alzò un sopracciglio. "Non ancora, ma possiamo farlo dopo, finché ti si rizza di nuovo."

Lucio gli si premette contro. "Ho trent'anni, non settanta."

Raffaele rispose con una linguaccia, poi gli gettò le braccia al collo per farsi baciare di nuovo.

"Forse non hai ancora capito, ma adoro provocarti."

Lucio gli mordicchiò il naso, poi scese a baciarlo. Baciare sotto la doccia era un bel casino. Ti andava l'acqua negli occhi, nella bocca, persino nelle orecchie. Respirare era complesso e se si fossero lasciati trascinare troppo si sarebbero resi conto di quanto era scivoloso il pavimento della doccia.

Allo stesso tempo, Lucio si sorprese di come quell'acqua tiepida e quei baci famelici fossero efficaci nel mandare via il grosso delle obiezioni che l'avevano tenuto bloccato fino a mezz'ora prima.

CAPITOLO SEI

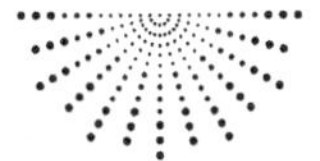

Tanto era stata insopportabile ed eterna la prima settimana di quarantena, tanto fu veloce e soddisfacente la seconda. I primi due giorni Lucio li trascorse senza muoversi dal letto di Raffaele se non per usare il bagno e ordinare cibo da asporto.

Aveva tenuto acceso il cellulare soltanto per non dimenticarsi di avvisare sua madre di essere vivo e perché Conciu potesse chiamarlo, se avesse avuto bisogno. Conciu non ne aveva avuto bisogno fino a due giorni dopo quella memorabile scopata, chiamando proprio nel momento in cui Lucio si spingeva fino alle palle nel culo perfetto di Raffaele, dopo avergli scattato decine e decine di foto in cui il ragazzo era nudo e splendido, appoggiato al davanzale della finestra e coperto dagli sguardi esterni soltanto da una sottile tenda bianca.

"Ferrando," rispose al telefono, senza nemmeno fingere di non essere sprofondato fino alle palle dentro il corpo dell'altro. Si muoveva con calma, come se avesse tutto il tempo del

71

mondo e in effetti era così, mentre Raffaele ridacchiava e si puntellava meglio.

Dall'altro capo della chiamata, Conciu voleva sapere se c'era modo di rientrare prima in caserma. "O ne esco per andare in galera, visto che tra un po' accoppo mia moglie."

Lucio sorrise e accarezzò la schiena di Raf. "È perché non fate le attività giuste, Conciu. Hai provato a chiedere alla signora di rinfrescarsi la memoria dei tempi del Giurassico, quando vi siete sposati?"

"Capitano, ho sessant'anni. È un miracolo che riesca ad alzarmi dalla sedia con 'sta panza," rise il brigadiere. "Tu piuttosto, come va la convivenza?"

"Mhhh… bene direi," rispose. Osservò con attenzione l'apertura di Raffaele che si allargava sotto ai colpi del suo cazzo. Aveva fotografato la cosa da ogni angolo e declinazione. L'OnlyFans di Raffaele aveva avuto un boost allucinante di visite dopo i post giornalieri delle loro rotolate tra le lenzuola e a quanto pareva non era l'unico con un'insana passione per lo sfondare quel culetto delizioso. Era molto orgoglioso. "Non mi posso lamentare."

"Il tuo coinquilino?"

"Oh, abbiamo trovato il modo di andare d'accordo."

Sotto di lui l'impunito ghignò e si stiracchiò tutto, voltandosi appena per permettergli di vederlo mentre si leccava le labbra e mimava il gesto di un pompino. Lo avrebbe accontentato più tardi.

"Ne sono felice, ti invidio. Anche se immagino che non vediate l'ora entrambi di uscire con qualche ragazza," disse Conciu.

A quella uscita Lucio avvertì una fitta di senso di colpa. Non aveva mai detto di essere gay, ma non lo aveva nemmeno mai nascosto più di tanto. Era un po' il segreto di pulcinella della caserma e si stupiva abbastanza nel sentire Conciu del tutto ignaro. E della sessualità di Raf non aveva mai parlato con nessuno.

"Sì beh, vedremo," rispose sbrigativo.

Si salutarono e Lucio fu svelto a riporre il telefono e riportare la propria attenzione su Raffaele, che si era fatto insofferente. "Invece di perdere tempo a parlare, vedi di darti da fare."

"Prepotente."

"Uomo delle caverne."

Lucio gli diede una spinta così forte che all'altro mancò il fiato e dovette aggrapparsi al bordo della finestra con un gemito. "Sì, e la cosa mi pare che non ti spiaccia, stronzetto. Ora, dove eravamo rimasti?"

Il sesso tra loro, scoprì in quella settimana, era assolutamente magnifico. Non c'era porcata che Raf non fosse disposto a fare: a Lucio pareva di essere nel paese dei balocchi.

Sesso dolce e amorevole? Nessun problema.

Rude, sporco e veloce? *Pfff.*

Pompini appena svegli? Quanti ne voleva.

Dargli della troia mentre indossava delle mutandine? Fatto anche quello, con risultati esplosivi.

Raffaele che gironzolava per casa seminudo o con quegli stupidi shorts illegali? Non chiedeva di meglio.

Eppure a una certa la settimana finì e Lucio si ritrovò l'ultima domenica nel suo letto, con un Raf sfatto e scopato per ore sdraiato sul torace sudato. Era accigliato.

"A cosa pensi?" gli chiese l'altro, tirandosi vicino il cellulare per caricare su OnlyFans le foto che Lucio gli aveva scattato poco prima.

Lucio sospirò. "Domani mattina torno a lavoro."

"Immagino dovesse succedere prima o poi," sbadigliò Raf. Gli diede un bacio sulla guancia. "A che ora torni?"

"La solita, credo. Magari più tardi, dipende da cosa devo fare. Ma..."

"Ma cosa?"

Quella settimana per Lucio era stata bellissima e allo stesso tempo assurda, come tutta la situazione di quarantena e, in generale, tanto quanto era accaduto nel resto del mondo. Era come se il tempo si fosse fermato per quattordici giorni e non sapeva cosa sarebbe accaduto dopo.

Cosa erano diventati lui e Raf?

Lucio gli baciò il naso. "Ma temo che dobbiamo parlare."

Raffaele fece un verso scocciato. "*Adesso* che non ho neanche un neurone funzionante?"

Lucio gli sorrise e gli accarezzò i capelli e la schiena.

"Adesso, perché da domani torno al lavoro e non so neanche cosa ci metteranno a fare. Inoltre mi sembravi molto impaziente di parlare fino a pochi giorni fa."

Raffaele sbuffò. "Voglio parlare, ho solo il cervello lique-fatto. Comunque, ti ascolto."

Lucio gli baciò la fronte.

"Io non credo che- e spero che... Questa cosa tra di noi non sia soltanto dovuta alla mia quarantena. Lo so che all'inizio ti ho trattato molto male. Sono stato maleducato e scostante e ti ho umiliato. Però penso di averti dimo-strato ampiamente che mi sbagliavo e che ho cambiato idea."

Raffaele strusciò il viso contro il suo petto. "Mi fa piacere sentirtelo dire. Ma questo cosa vuol dire all'atto pratico? Posso vivere senza saperlo, eh. Ma... è più facile a carte scoperte. Cosa cerchi in me? Un coinquilino con benefici? Un amante? Altro? Niente?"

Lucio non ci aveva pensato in tale dettaglio. Era stato impegnatissimo a godere delle grazie del suo culo e della sua bocca e si era divertito come non mai. Non voleva perdere Raffaele, ma cosa voleva effettivamente da lui? Mistero.

"Ci devo pensare," rispose infine. "L'unica cosa che so è che non voglio che finisca qui, che non finisca quando torneremo alla vita normale. Il resto è da vedere."

Raffaele sorrise. "Possiamo vederlo insieme. Ora posso dormire?"

"Certo," rispose l'altro. Avvolse entrambi nel lenzuolo e si godette lo spettacolo di Raffaele che cedeva al sonno e diventava pesante e morbido tra le sue braccia.

Lui restò a guardarlo a lungo, immerso nei suoi pensieri finché il respiro lento e regolare del ragazzo non lo guidò al sonno.

* * *

Tornare a lavoro fu molto più strano del previsto. Lucio era rimasto in casa solo un paio di settimane, non mesi, eppure già si sentiva stravolto, come un alieno finito sulla Terra da un altro pianeta.

Si era mezzo scordato come guidare ma, imbottigliato nella solita coda della mattina, se lo ricordò fin troppo bene. C'era ancora un sacco di gente in giro che andava a lavorare, anche se mancava l'intera transumanza scolastica.

Molti indossavano mascherine e guanti, non tutti nel modo più efficace, e c'era un'aria di diffidenza generalizzata.

Quando arrivò in caserma la trovò pulita e sanificata come

non la vedeva da anni e, per suo profondo fastidio, con tutti gli arredi spostati in modo da garantire il distanziamento.

Qualcuno – Conciu probabilmente – si era preso la briga di spostare la sua postazione senza disturbare neanche le tazzine di caffè ormai mummificate o i suoi blocchetti per appunti fatti con carta già stampata da un lato.

I "bentornato Capitano, goduta la vacanza?" si sprecarono da subito, nonostante ci fosse meno della metà dell'organico e tutti indossassero la mascherina.

Conciu gli diede una pacca sulla spalla e gli fece l'occhiolino. "Allora dimmi, Capitano, come si chiama la fortunata? Tanto l'abbiamo capito tutti che hai la morosa."

"Ma... non ho la morosa," disse Lucio, perplesso. Già, proprio no. Al massimo un moroso e non era neanche detto che il loro rapporto fosse quello. La sera prima si erano giusto scambiati l'equivalente adulto di un 'mi piaci' adolescenziale. Ci mancava giusto il bigliettino con le caselline SÌ – NO – FORSE sotto la domanda 'ti vuoi mettere con me?' e poi l'amarcord dei tempi delle medie sarebbe stato completo.

Conciu alzò gli occhi al cielo ma non si mise a insistere, piuttosto lo lasciò a sistemarsi e a leggere quintali di corrispondenza inevasa, più un plico di nuove procedure.

In realtà, Lucio si perse subito nei propri pensieri. Non riusciva proprio a lasciar andare l'idea di non sapere di preciso quale fosse la loro situazione. Eppure Raffaele era stato chiaro, gli sarebbe andata bene qualsiasi cosa. Era perché di base non gli importava? O forse i pochi anni di differenza tra i due erano sufficienti a mettere in atto uno sbalzo generazionale, e quindi Raffaele conosceva modalità di relazionarsi al prossimo che a Lucio erano totalmente sconosciute? O forse... gli stava tornando il mal di testa.

Ben presto però il lavoro lo assorbì di nuovo, c'erano turni da preparare, pattuglie da fare. Il crimine non si fermava nemmeno grazie all'epidemia, per cui si ritrovò presto chiuso in ufficio sommerso dai fascicoli di chi lo aveva sostituito e un thermos di caffè per affrontare la cosa. Per fortuna nessuno era stato accoppato in quelle due settimane o i mal di testa sarebbero stati più di uno.

Nel background del suo cervello però continuava a ronzare il suo problema casalingo, che non voleva saperne nemmeno di trovare soluzione.

Le scopate senza soluzione di continuità tra lui e Raffaele erano state fenomenali. Era inutile negarlo visto che la chimica tra loro era stata esplosiva. Aveva persino contribuito con lurido piacere a riempire l'OnlyFans dell'altro, e la parte di lui che era un'integerrima forza dell'ordine non voleva nemmeno iniziare a pensare a cose come *prostituzione* o *lavoro in nero*. Soprattutto quando era stato per due anni il primo fruitore proprio di quel porno amatoriale.

Poteva zittire la coscienza su quello, ma cosa provava per Raffaele a parte una forte attrazione? Ci si poteva innamorare in una settimana? Lucio non lo credeva, non con la mente ancora offuscata dalle miriadi di ore passate in una stanza chiusa e i loro corpi sudati e intrecciati.

A prescindere da tutto però provava il bisogno di etichettare quella relazione, almeno per la sua sanità mentale.

Si piacevano, quello era certo, altrimenti non sarebbero finiti in quel modo. Lucio era anche abbastanza uomo da ammettere che il suo precedente astio verso Raffaele fosse uno stupido modo per soffocare l'attrazione feroce che provava nei confronti del ragazzo.

Ma era saggio cercare qualcosa di più emotivo tra loro?

Scosse la testa. Era un po' tardi per quello, considerato che conosceva già ogni singolo centimetro del corpo dell'altro e nel modo più intimo. Ti cambiava un po' riconoscere il tuo entusiasmo di fronte all'orgasmo del tuo compagno, sapere esattamente cosa lo aveva fatto venire e perché, sapere di essere stato tu a provocarlo.

Lucio venne distratto dal suono della notifica di OnlyFans e quella volta si ritrovò a ghignare. Aprì in fretta solo per trovare l'equivalente di una fotocazzo da parte di Raffaele e sapeva che, nonostante tutto, quella foto era per lui.

Si godette la vista del culo di Raf fasciato in un paio di culotte di pizzo blu ordinate su Shein e arrivate due giorni prima, finché qualcuno bussò alla porta del suo ufficio e Conciu mise la testa dentro.

Con un sospiro Lucio spense lo schermo e si alzò per seguire il brigadiere nel cucinino, dove anche altri colleghi erano lì per il caffè.

"Distanza di sicurezza un cazzo, vedo," sorrise da sotto la mascherina ormai obbligatoria. Gli altri fecero spallucce e non tentarono nemmeno di spostarsi da dov'erano, mentre Conciu metteva su la moka per tutti.

"Allora, come è andata la quarantena, capitano?" tornò all'attacco Conciu, dopo aver esaurito le chiacchiere con gli altri carabinieri. "Rossi qui è riuscito a ingraziarsi la vicina di casa."

Rossi alzò le mani e il sorrisetto era percepibile anche sotto lo strato di tessuto che gli copriva il volto. "La puntavo da una vita, insomma."

"Buon per te," commentò Lucio, stando ben attento a non aggiungere niente delle proprie prodezze.

Conciu gli mise la tazzina in mano. "Beh, pure te hai una

faccia bella allegra e sbattuta, capitano."

"Beh, il viscido albume ci insegna che ogni cosa diventa bellissima se adeguatamente sbattuta e montata," rispose in un impeto di stupidità. "Sul serio, Conciu, non ho trovato la ragazza nel frattempo."

L'appuntato Torresi lo fissò stranito per un attimo. "E mo' questo che mi sta a significare?"

Lucio roteo gli occhi al soffitto. "Che sono frocio, Torresi. Per questo non ho la fidanzata."

"Beh, il fidanzato allora," insistette Conciu senza perdere nemmeno un colpo. Gli diede una gomitata. "Il tuo coinquilino…"

Ringraziò davvero di avere la mascherina in faccia o lo avrebbero visto arrossire fino alle dita dei piedi. "Oh… quello. Beh…"

Sia Torresi che Rossi lo guardavano non con disgusto, ma con interesse. A quanto pareva, il segreto di Pulcinella non era un segreto proprio per nessuno e gli altri erano solo curiosi.

"Forse," si ritrovò ad ammettere a denti stretti. "Non ho intenzione di dire altro."

Conciu ridacchiò malizioso e gli diede una leggera gomitata che rischiò di fargli lanciare il caffè nella stratosfera. "Un gentiluomo gode e tace, eh? Bene bene, penso che siamo tutti contenti di sapere che qualcuno ti sopporta, capitano."

Torresi e Rossi annuirono contemporaneamente. Davvero, era rinfrescante vedere come i due non si fossero scomposti né si fossero lasciati trasportare da qualsiasi reazione disgustata ascrivibile al maschio medio italiano, per di più carabiniere. Era grato per questo.

"Beh, se la finiamo di farci gli affari miei adesso, magari beviamo 'sto caffè e torniamo al lavoro, che ne dite? C'è un casino di roba da sistemare prima che per colpa di Brambilla e Zhang finissimo chiusi in casa come appestati."

"Solo Brambilla," disse Torresi dopo un attimo di silenzio, "e in realtà solo per difendere la collega." Gli altri fecero versi frustrati. Veronica Zhang era più milanese di tutti loro messi insieme – soprattutto di Conciu, che non era milanese affatto – ma aveva il cognome cinese e gli occhi allungati e pur non essendo mai stata in Cina era stata presa di mira dalla frustrazione della gente nei giorni in cui ancora supportavano la protezione civile per la distribuzione di mascherine. Brambilla non aveva fatto altro che mettersi in mezzo per placare il tafferuglio, ma così facendo i due agenti erano entrati in contatto con persone potenzialmente infette e da lì si era innescata la quarantena preventiva.

Lucio sbuffò. "Dite che Brambilla e Zhang...?" concluse con un gesto esplicativo. Tutti gli altri annuirono, concordi. Non era un mistero che a Brambilla piacesse la collega, dopotutto.

"Beh, hanno avuto due settimane per concludere," chiosò Conciu con aria saputa.

"Ora basta, pettegoli, andate tutti a lavorare. Sembrate delle comari al balcone," bofonchiò Lucio. Tornò alla scrivania col cuore un po' più leggero. Non era certo un segreto che fosse gay, ma non era neanche una cosa che andasse a dire al primo che passava per la strada. L'Arma preferiva non saperlo e non vederlo, e comunque l'ambiente era spesso chiuso, maschilista e retrogrado, come ben sapevano molte colleghe.

Tutto sommato, gli era andata di un gran bene.

Approfittando di un momento di calma, tornò a guardare le foto di Raffaele, che erano splendide come la prima volta che le aveva viste. Quel ragazzo sapeva come farlo impazzire.

Davvero, se cercava di guardare a fondo nel proprio cuore, cosa vedeva oltre la voglia sempiterna di metterlo a novanta?

A parte il sesso stellare, come avrebbe trascorso quelle due settimane se non ci fosse stato Raffaele? Da solo e incattivito, probabilmente. Doveva ammettere che era stato piacevole avere compagnia, anche prima che la loro relazione si evolvesse. Si era tenuto a distanza perché Raffaele lo attraeva troppo, e aveva ammantato la propria attrazione di disprezzo.

Avrebbe potuto accettare l'offerta del ragazzo e avere soltanto la parte più divertente e spensierata della sua compagnia... ma questo significava vederlo andare via se avesse trovato qualcuno con cui invece condividere qualcosa di più. Voleva che accadesse? Provò a pensarsi da solo in quell'appartamento, e all'idea di Raffaele che baciava e si faceva toccare da qualcun altro ebbe uno stringimento di cuore doloroso e improvviso. Non voleva che qualcun altro lo toccasse come l'aveva toccato lui. Non voleva che condividesse quella stessa intimità, i baci, le carezze, persino i momenti più fastidiosi e ridicoli dopo il sesso quando chiunque avrebbe preferito riposare e invece c'era da preoccuparsi di mangiare, lavarsi, andare a lavoro, buttare la spazzatura.

Avrebbero potuto avere una relazione significativa loro due, così diversi di carattere e abitudini? L'idea non gli dispiaceva, anche se gli stringeva un nodo di ansia nel petto. Anche se l'aveva disinstallato per la quarantena, non era così vecchio da voler appendere l'account Grindr al chiodo, ma allo stesso tempo non aveva una relazione stabile da nutrire e far crescere da fin troppo tempo. E se doveva essere sincero con se stesso, si era sentito davvero troppo solo.

Le differenze tra loro erano abissali: Lucio era un militare cresciuto tra altrettanti militari, con padre, nonno e pure il bisnonno, che era stato corazziere. Una famiglia genovese numerosa e ingombrante, ma sempre fedele allo Stato, che aveva preferito la terraferma ai mestieri navali tipici dei liguri. Una famiglia che fingeva di non vedere il suo orientamento sessuale perché comunque, alla fine, aveva frequentato l'Accademia con successo e si era messo dei gradi sulle spalle, con la possibilità di guadagnarne altri.

Raffaele invece era l'unico figlio di una ricca famiglia milanese, era l'erede artista e decadente che poteva permettersi chissà quanti vizi tra università e bella vita, ma la realtà era che Lucio sapeva poco e niente di lui, se non che lavorava come un mulo chino sulla sua tavoletta grafica o a dipingere quadri che lui non si era mai preso la premura di vedere.

Appoggiato allo schienale della sua sedia da ufficio, si ritrovò a contemplare il fatto che sì, gli sarebbe piaciuto conoscere meglio Raffaele.

Finito il turno si incamminò verso la macchina e tornò a casa. La vita durante la quarantena a Milano era straniante e lo era ancora di più per lui che in due settimane aveva messo giusto il naso sul balcone. Le strade erano deserte, le serrande abbassate forse per sempre e le poche aperte erano quelle di alimentari e supermercati, con lunghe file di persone che entravano una alla volta.

Un brivido gli percorse la schiena. Quella era la nuova vita ed era piovuta sulle loro teste senza che potessero farci alcunché. L'unica cosa che potevano fare era rispettare le direttive e fare del proprio meglio per trasformare le proprie case in ambienti felici, visto che sarebbe durata ancora per parecchio.

E Lucio era ben deciso a portare un po' di felicità nella propria.

CAPITOLO SETTE

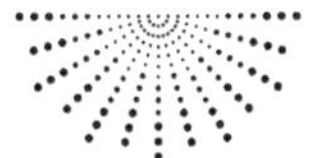

"Sono io!" annunciò dopo aver aperto la porta di casa, ma qualsiasi cosa avesse in mente di dire dopo fu cancellata dalla vista di Raffaele che spuntava in corridoio e gli andava incontro.

"Sei tornato!" Il suo coinquilino eliminò la distanza tra loro in poche brevi falcate, mentre Lucio poté notare che indosso aveva quegli stramaledetti shorts indecenti e un crop top dello stesso grigio che gli copriva a malapena i pettorali, ma non faceva niente per il resto del busto.

Gli mancò il fiato.

Neanche il tempo di dire "ciao" e strapparsi la mascherina dalla faccia che la lingua di Raffaele fu presto intrecciata alla sua e le loro mani furono ovunque. Strinse il suo corpo al proprio, adorando il contrasto dell'essere totalmente vestito dove l'altro era quasi nudo. Sarebbe morto con il cazzo in tiro di quel passo, un bel modo di andarsene.

Raffaele mugolò qualcosa e si mise in ginocchio, scivolando giù con fluidità e slacciandogli la patta dei pantaloni. Non gli lasciò manco il tempo di dire qualcosa, perché un attimo dopo glielo aveva tirato fuori e iniziato a succhiare senza nemmeno permettergli di levarsi il cappello, che lanciò su uno dei tavolini dell'ingresso. Lucio si appoggiò alla porta e l'unica cosa che poté fare fu gemere di piacere mentre Raffaele gli regalava il pompino della vita, prendendolo tutto e ingoiando il suo cazzo come se non facesse altro da tutta l'esistenza.

Vederlo così, accosciato e con quel culo delizioso sporto all'infuori, le labbra umide e la sensazione deliziosa della lingua sulla sua lunghezza, spinsero Lucio a venire all'improvviso, senza lasciargli il tempo di avvertirlo.

Invece di ingoiare però Raffaele continuò a succhiare e un attimo dopo tutto il suo seme grondava dalla sua bocca sul mento, sul collo, persino sul torace macchiando la maglietta cortissima. Il ragazzo si leccò le labbra con fare innocente, lo fissò con i suoi occhioni da cerbiatto e deglutì tutto il resto. Infine gli rivolse un sorriso enorme e dolcissimo, nonostante fosse lurido e gocciolante di sperma. "Bentornato!"

Cazzo.

Lucio lo fissò incredulo per qualche altro istante mentre l'altro lo ripuliva con la lingua e decise che non solo era follemente innamorato di lui, ma che non non lo avrebbe mai più lasciato un secondo.

"Uh... grazie..." balbettò, cercando di non crollare per terra. "Se mi fai levare la divisa ricambio volentieri."

Il ragazzo scosse la testa, ancora sorridente. "Non preoccuparti, questo era per te. Come è stato il rientro nel mondo?"

Lucio lo aiutò ad alzarsi e lo baciò senza pensarci due volte. "Noioso, senza di te. Ma ho apprezzato le foto."

Raffaele sorrise ancora. Lo aiutò a levarsi la giacca e la appese al gancio all'ingresso. "E... fuori com'è?"

"Vuo-" Si accigliò un attimo. Se per lui erano state solo due settimane, per Raf erano state molte di più. Il ragazzo non usciva da fine febbraio se non per una breve scappata al supermercato dietro casa ed erano ad aprile, visto che il resto della spesa la facevano online. E sarebbe andata avanti per tutto maggio forse, mentre bene o male Lucio poteva mettere piede fuori. "Se mi fai fare una doccia e nel mentre ordini la pizza ti racconto sul divano, che ne dici?"

Lo sguardo dell'altro si illuminò. "Sì! Ma forse è meglio se mi lavo la faccia prima."

"Mmmhh ti preferisco così, ma sì, è meglio."

Una doccia e una pizza più tardi, si ritrovarono accoccolati sul divano a L, abbracciati in un'intimità tutta diversa rispetto a quella che avevano condiviso la settimana precedente. Era differente, più dolce e gentile, senza alcuna frenesia di accoppiarsi il più velocemente possibile. Lucio gli raccontò ogni singolo evento, incluso il viaggio del ritorno e infine gli baciò la cima della testa. "E tu cosa hai fatto oggi?"

"Ho lavorato," rispose l'altro, un po' sorpreso da quella domanda che non sentiva mai. "Il solito, davvero."

Lucio annuì. "Non so niente del tuo solito, Raf. Sono stato… negligente."

Il suo coinquilino lo squadrò per qualche istante, poi si districò dalla stretta e lo aiutò ad alzarsi, facendogli cenno di seguirlo. Arrivarono dentro la stanza adibita a studio dove Raffaele passava la quasi totalità delle sue giornate. C'era la famosa scrivania con il computer a più schermi e la tavoletta grafica da cui streammava, ma il resto della stanza aveva un grosso tavolo da disegno e un paio di cavalletti su cui campeggiavano dei quadri in lavorazione. Uno di essi rappresentava in modo sorprendentemente simile il volto di Lucio, seppur racchiuso in uno stile di segni che non lo rendeva del tutto uguale. Ma quello che lo colpì di più fu un tavolo tecnigrafo su cui erano disposti vari fogli da acquerello: erano dipinti di vari scorci della città di Milano e in nessuno di essi c'era una singola persona.

"Chiedo alle persone di Miano via internet di fotografarmi quello che vedono fuori dalle loro case in questo periodo," spiegò, indicando la finestra. "Poi io lo riproduco così. Da inizio quarantena ne ho fatti almeno una cinquantina e prevedo di farne altri e raccoglierli per mandarli a un editore."

Lucio era impressionato. Anzi, era stupefatto. Ogni singolo lavoro che vedeva lì dentro dimostrava una bravura e una serie di capacità tecniche che lui si sognava e che non aveva nemmeno mai approfondito, fermandosi di fronte all'immagine rumorosa, chiassosa e sexy dell'altro. C'era un'altra persona davanti a lui in quel momento e la vedeva intera forse per la prima volta.

"Sono stupendi…" mormorò incredulo. Poi si voltò verso il quadro. "E quello sono io?"

Raffaele ebbe il buon gusto di arrossire. "Sei il mio modello preferito. Quando sono stanco o non ho voglia di fare niente inizio a disegnarti per riscaldarmi la mano e mettermi attivamente a fare qualcosa. Sei la mia comfort zone."

Lucio era stato colpito e affondato, come una portaerei in A4 nel gioco della battaglia navale.

"Nessuno mi ha mai detto una cosa così," ammise. "Non sono la comfort zone neanche di me stesso, a dirla tutta."

"Beh, sei la mia. Tu non te ne rendi conto, ma sei tanto paziente. E sei forte. Non ti ho mai sentito lamentarti per tutta questa faccenda, e avresti potuto tranquillamente farlo."

Lucio aveva una voglia incredibile di abbracciarlo e tenerselo premuto addosso pur di sentire il suo calore e la morbidezza della sua pelle. Gli tese una mano, che Raffaele prese prontamente e di cui baciò il dorso.

"Ti assicuro che ho tirato parecchie bestemmie."

Raffaele gli si strinse al petto. "Sì, ma non perché ce l'avevi con l'universo, con il governo o con le scie chimiche. Hai imprecato quando pensavi che la nostra convivenza fosse difficile, poi hai soltanto fatto il tuo dovere. Non è facile, neanche adesso che il dovere di ognuno di noi è restare in casa ed evitare di farsi contagiare."

Lucio gli baciò la sommità della testa.

"Beh, non è facile. Un conto è decidere di voler restare a casa sul divano per un mese di propria volontà e un conto è farlo perché te lo ordinano. Anche una cosa piacevole può diventare insopportabile."

Raffaele strusciò il viso contro il suo petto. Era caldo e magnifico contro di lui. Qualcosa si strinse forte nel torace di Lucio, invadendolo con una sensazione di estrema calma.

Sapeva cosa doveva fare.

"Ehi, Raf. Hai presente quello che ci siamo detti ieri sera?"

Raffaele annuì contro il suo torace, senza alzare lo sguardo.

"Non voglio che quello che abbiamo finisca, qualsiasi cosa succeda nel mondo esterno."

Raffaele sollevò un po' la testa e gli piantò in faccia il suo sguardo azzurrissimo.

"Vuoi avere una storia?"

Lucio gli sorrise e gli passò una mano sulla guancia. "Mi piacerebbe moltissimo avere una storia con te."

Raffaele si tirò su e si allungò per deporre un bacio sulla sua bocca.

"Allora mi sa che il primo capitolo l'abbiamo già scritto."

Lucio ridacchiò e gli infilò le braccia sotto le cosce, attirandolo contro di sé.

"Bisognerà iniziarne un secondo, e un terzo, e un quarto…"

La quarantena era finita per Lucio, ma il resto della storia era appena iniziato.

FINE

RINGRAZIAMENTI

JULS

Onestamente la prima volta che **Daniela** ha detto "… scriviamo un racconto in quarantena" ho storto il naso. Nel pieno della faccenda io ero ad aggiornare compulsivamente la pagina dell'Ansa, crivellata da paranoie, ansie e problemi. Mi sono fatta sensi di colpa perché tutto sommato mi è andata anche bene, ho cercato di calmare me stessa e le persone intorno a me, e insomma, è stata dura ma fino a ora ce l'abbiamo fatta?

Quindi ero un po' scettica, non volevo aggiungere pesantezza a un periodo già duro per tutti. Ma poi giustamente ho riflettuto: se è questa la nuova normalità, la vita pur con le limitazioni che tutti conosciamo andrà avanti, e con essa ogni faccenda della quotidianità umana. Lucio Ferrando è uno di noi. Ama il suo lavoro ma bestemmia, desidera una persona accanto ma fatica a trovarla, ha pregiudizi e preconcetti e guai a toccargli la quiete e le partite di calcio.

Dopo un po' mi ha conquistato, quindi il mio primo ringraziamento va a **Daniela** che tira fuori idee peregrine a cui alla fine mi affeziono profondamente. Le ragazze del Lab vanno tutte ringraziate con il cuore – senza il loro supporto molte di queste storie non riuscirebbero a vedere la luce.

Enys, Fera, Chiara, solo cuori per voi <3 e per **Mary**, la nostra adorata fata madrina.

E un grazie a voi tutti che ci sostenete e ci supportate anche soltanto con il calore della vostra passione per questi personaggi un po' ridicoli ma molto umani che speriamo vi rallegrino le giornate. Grazie, dal profondo del cuore.

* * *

DANIELA

Il mio primo grazie va sempre a Lux Lab (**Enys**, **Fera** e **Chiara**) perché ci sostengono sempre. Poi **Mary**, la nostra fata madrina. **Hush**, il mio moroso che ha tacciato *Gabbia* come "una pessima idea, però è lol".

A **Nuki**, che ci segue sempre, e a tutti i nostri lettori divisi tra #TeamJBI e #TeamAgenzia che in *Gabbia* troveranno un po' di uno e un po' dell'altro.

Infine, ma non ultima, grazie a **Juls**, splendida amica e compagna di viaggio che appoggia le mie idee più fulminate finendo poi travolta suo malgrado. Per me è sempre un onore e un piacere scrivere con lei e spero che lo sentiate anche voi leggendo.

LE AUTRICI: DANIELA BARISONE

Daniela Barisone, classe 1986, Milano. Donna (lei/le) e queer.

Mi sono diplomata in **Fumetto e Colorazione digitale** presso la Scuola Internazionale di Comics di Torino.

Ho lavorato come redattore editoriale, editor e copertinista presso **Lite Editions** (Milano), **La Mela Avvelenata** (Milano), **Delos Book** (Milano) (con quest'ultima solo copertinista). Sono stata addetta alla gestione dei traduttori dall'inglese all'italiano ed editor presso **Dreamspinner Press** (USA).

Ho lavorato come colorista presso **Cimaza** (Belgio), **Manfont** (Italia), **Awe Edizioni** (Italia), **Stirpe di Pesce** (Italia), **OBSO/LETE** (Belgio) e **Torch - Reclaim the skies** (USA).

Ho lavorato come fumettista presso la rivista online **Oh Joy Sex Toy!**

Attualmente lavoro come traduttrice per **Quixote Edizioni** e come colorista digitale presso realtà indipendenti e **Arancia Studio**.

Nel 2019 fondo il **Lux Lab** con Juls SK Vernet, Enys LZ, Fera Pennacchioni, Chiara D'Agosto ed Ester Manzini.

Il suo sito web è: danielabarisone.it

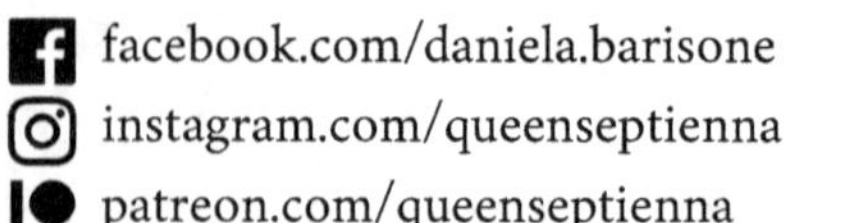

facebook.com/daniela.barisone
instagram.com/queenseptienna
patreon.com/queenseptienna
bookbub.com/profile/daniela-barisone

LE AUTRICI: JULS SK VERNET

Juls SK Vernet, classe 1982, Venezia.

Ho una doppia identità come ogni supereroe che si rispetti. Nella vita reale sono un'insospettabile impiegata occhialuta e perfettina.

Scrivo e partecipo alla coralità del fandom da oltre vent'anni.

Dal 2007 collaboro all'evento annuale «**P0rn Fest**», un evento riservato alle fanfiction a tematica erotica esplicita in lingua italiana, dapprima su **Fanfic Italia,** poi su **Lande di Fandom**.

Nel 2014–15 ho prestato servizio come traduttrice volontaria per **Organization for Transformative Works – OTW,** l'associazione che tra le altre cose gestisce **Archive of our Own – AO3.**

Nel 2018 ho partecipato come panelist al primo anno della convention **FicsIT** di **Fanheart3,** nel 2019 ho partecipato come giudice nel concorso letterario indetto dalla stessa associazione culturale.

Dal 2019 sono una delle fondatrici del Lux Lab, dedicato ai romanzi M/M.

facebook.com/juls.vernet
instagram.com/juls.sk.vernet
bookbub.com/authors/juls-sk-vernet

NEWSLETTER

Per avere costanti aggiornamenti sulle uscite di **Lux Lab**, ti consigliamo di iscrivervi alla nostra **newsletter**: **https:// tinyurl.com/LuxLabNewsletter**

Iscrivendoti riceverai gli avvisi relativi agli inizi dei preorder dei nostri libri in anteprima, un reminder il giorno dell'uscita, partecipazione ai nostri giveaway e anche delle letture gratuite!

LUX LAB

Lux Lab è un collettivo letterario composto da cinque elementi che hanno in comune l'amore per le storie belle e ben scritte.

Lux Lab è un'idea nata dalla collaborazione, dall'incoraggiamento reciproco, dalle risate e dalla condivisione.

Lux Lab è un progetto che va oltre il self publishing: il collettivo si scambia idee e opinioni, prende decisioni, interviene attivamente su testo, copertine, traduzioni e tutto ciò che riguarda la vita dei romanzi, dal momento in cui vengono concepiti a quello in cui sono messi tra le vostre mani.

Lux Lab ha un obiettivo: conquistare il mondo del romance MM a colpi di romanzi di qualità, curati nei minimi dettagli.

Lux Lab è un'unione che fa la forza, e ve lo dimostreremo. Seguiteci.

Il nostro sito:
https://luxlab.weebly.com/

NEWSLETTER: https://tinyurl.com/LuxLabNewsletter

I nostri social:
Facebook: https://www.facebook.com/LuxLabBooks/
Twitter: https://twitter.com/LuxLabBooks
Instagram: https://www.instagram.com/luxlabbooks

I nostri libri: https://linktr.ee/LuxLabBooks